AF167437

Bibliografische Information der Deutschen Nationalbibliothek: Die Deutsche Nationalbibliothek verzeichnet diese Publikation in der Deutschen Nationalbibliografie; detaillierte bibliografische Daten sind im Internet über http://dnb.dnb.de abrufbar

Impressum:

Autorin:

©2014 by Gaby Bessen

http://annalenaslesestuebchen.wordpress.com/

http://visitenkartemyblog.wordpress.com/

Herstellung und Verlag:
BoD – Books on Demand, Norderstedt

ISBN : 9783735777621

Gaby Bessen

Wenn das Jahr zu Ende geht

Geschichten und Gedichte

zur Weihnachtszeit

Inhalt:

Danke sagen für das große Jahr, für die wunderbare Zeit,

für so viel Liebe, so viel Leben und für das, was bleibt.

© Monika Minder

Vorwort

Bald werden Herbst und Winter ihren Einzug halten. Die Tage werden kürzer, die Abende länger, und wenn Mutter Natur sich in ihren verdienten Winterschlaf begibt, ist das Ende des Jahres nicht mehr weit. Somit rückt auch das Weihnachtsfest näher, eine Zeit der Ruhe und Besinnung. Gemütliche Abende in der warmen Stube, Kerzenschein und Tee sollten auch uns innehalten lassen.

Gern denke ich an die Weihnachtszeit meiner Kindheit zurück, an die Spannung am Heiligen Abend, was das Christkind uns wohl in diesem Jahr zur Bescherung bringen wird, an den festlich geschmückten Baum, den bunten Teller mit Orangen und Süßwaren, die damals etwas ganz Besonderes waren und an die Verwandtenbesuche an den Feiertagen.

Weihnachten – das Feste der Familie? Das Fest der Liebe? Das Gedenken der Geburt Christi oder nur ein Datum auf dem Kalender? Der Frieden in der Welt ist fragwürdig, Kriegsschauplätze mehren sich, der Klimawandel schreitet fort, Länder sind von Krankheiten und Seuchen gezeichnet. Weihnachten ist überall und in erster Linie in uns. Dieses Bewusstsein können wir leben und weitergeben.

Ich wünsche allen Leserinnen und Lesern eine angenehme Winterzeit, ein erfüllendes Weihnachtsfest und einen zufriedenen Jahresausklang.

Gaby Bessen im August 2014

Winterzeit

Winterzeit.

Dunkelheit.

Die Natur ruht.

Stille Zeit.

Kerzenschein

und Tannenduft,

der Winter liegt

schon in der Luft.

Besondere Tage

im Novembergrau.

Die stille Zeit der

Innenschau.

Advent

von Sehnsüchten geprägt,

so manches Herz

nun höher schlägt.

Ein Fest der Liebe

soll es sein.

Doch leider bleibt

mehr Schein als Sein.

Der Winter legt

sich übers Land,

ein Puderzucker-

Schneegewand.

Und wenn die

Sonne wärmer scheint,

ist auch der Frühling

nicht mehr weit.

Hier und Jetzt

Novembergrau

statt Himmelsblau,

feuchtkalte Luft,

kein Blütenduft.

Entlaubte Bäume

nackt und bloß

in Mutter's Erde

Winterschoß.

Kein Vogelzwitschern,

Mückentanz,

Vorfreude auf die

Weihnachtsgans.

In Mutter Erde

ist es still,

sie ruht ganz sanft,

so lang sie will.

Vergänglichkeit

macht sich nun breit,

es naht die lange

Winterzeit.

Quo vadis?

Bevor er mit der Lesung seines neuen Kriminalromanes begann, schweifte sein Blick durch den Saal. Zufrieden registrierte er, dass alle Plätze belegt waren. Er konnte beginnen. Mit ein paar einleitenden Worten begrüßte er die Zuhörer, bedankte sich für ihr Kommen und versprach ihnen eine halbe Stunde Unterhaltung mit Gänsehautgarantie.

So kannte man ihn, Simon P., den erfolgreichen Autor spannender Kriminalromane, dessen Bücher die Bestsellerlisten beherrschten. Gerade fünfzig geworden, gut aussehend, schlank und durchtrainiert war er auf dem Höhepunkt seiner Karriere angekommen.

Während der nächsten dreißig Minuten war der Saal erfüllt von seiner angenehmen tiefen Stimme mit dem österreichischen Akzent. Auch dieses Buch würde ein Erfolg werden, das zeigte ihm der nicht enden wollende Applaus, nachdem er seine Lesung beendet hatte. Zufrieden lächelnd schweifte sein Blick durch den Saal. Eine Lesung so kurz vor Weihnachten füllte seine Kasse enorm. Er nutzte die Gunst der Stunde, dass viele noch auf der Jagd nach einem Weihnachtsgeschenk waren.

Wie ein Blitz durchzuckte es ihn, als seine Augen sich mit ihren trafen. Braune sanfte Augen in einem makellos schönen Gesicht, umrahmt von schwarzen langen Haaren, versanken in seinen Augen. Nur schwer konnte er sich von ihrem Anblick lösen.

Während er seine Bücher signierte, schaute er immer wieder suchend durch den Raum.

„Für Julia, bitte". Er spürte, dass sie es war, die ihn um diese Widmung bat und sah sie lächelnd an. „Gerne." Die Schlange hinter Julia schien endlos und ohne weiter darüber nachzudenken, setzte er seine Handynummer unter seinen Namen. „Danke", flüsterte sie, nahm das Buch aus seiner Hand und verabschiedete sich mit einem langen innigen Blick von ihm.

Drei endlos scheinende Tage spannte sie ihn auf die Folter, bis sie ihn anrief. Sein Leben begann sich zu verselbstständigen, er hatte keine Kontrolle mehr über sich. Er belog und betrog seine Frau, um jede freie Minute mit Julia zu verbringen. Sein viel versprechender neuer Kriminalroman blieb in den Anfängen stecken. Zum ersten Mal in seiner schriftstellerischen Laufbahn hatte er eine Schreibblockade.

Julia hatte Gefühle in ihm geweckt, die er noch nie verspürt hatte. Sie stellte sein bisheriges Leben komplett auf den Kopf. Nach vier Wochen eröffnete er seiner Frau, dass er ausziehen werde. Sie machte ihm keine Szene, wie er erwartet hatte. Sie bewahrte die Fassung, bis er mit seinem Koffer, zwei Reisetaschen und seinem Laptop die Villa verlassen hatte. Dann brach sie weinend zusammen und reichte am nächsten Tag die Scheidung ein. Das war für sie die letzte Eskapade, die sie ertragen konnte.

Er zog in ein Hotel. Julia war Krankenschwester in einer Herzklinik. Wenn sie Dienst hatte, nutzte er die Zeit für einen neuen Roman, seinen ersten Liebesroman, die Geschichte von Julia und ihm, „Wie im Märchen", sollte der Titel lauten. Und genau das war es für ihn, ein Märchen. Julia hatte ihn verzaubert, seinem Leben einen völlig neuen Sinn gegeben. Er machte sich keine Gedanken darüber, dass er fast zwanzig Jahre älter war und ihr Vater sein könnte. Auch darüber, dass der Traum von heute auf morgen enden könnte, wenn Julia einen anderen kennenlernen würde. Er genoss den Augenblick und lebte dafür.

Beflügelt von einer fast fühlbaren Erotik füllte er Seite um Seite. Jede zärtliche Geste, jeden Kuss, jede Intimität durchlebte er noch einmal und mit Julias makellosem, nacktem Körper vor seinem inneren Auge erlebte seine Fantasie einen wahren Höhenflug der Sinne.

Trotz klirrender Kälte trat er hinaus auf den Balkon seines Hotelzimmers. Es hatte geschneit und die Stadt zeigte sich in winterlicher Pracht. Der Geruch von Glühwein lag in der Luft. Julia hatte Dienst und war anschließend mit Kolleginnen zu einer kleinen Weihnachtsfeier verabredet. „Es wird heute spät. Ich fahre heute Abend in meine Wohnung", sagte sie morgens zum Abschied, schmiegte ihren warmen nackten Körper an seinen und küsste ihn leidenschaftlich, bevor sie unter der Dusche verschwand.
Er konnte dem Glühweinduft nicht länger widerstehen. Glühwein, eine Rostbratwurst und eine Runde über den Weihnachtsmarkt ganz in der Nähe des Hotels zu schlendern, wäre eine willkommene kreative Denkpause.

Gerade, als er den Heimweg antreten wollte -angesichts der vielen Pärchen fühlte er sich alleine etwas deplatziert- sah er sie. Er formte die Lippen und wollte gerade 'Julia' rufen, als er bemerkte, dass sie nicht alleine war.

An einem Stand mit Bratäpfeln, gebrannten Mandeln und kandierten Früchten hatte sie ein großes Lebkuchenherz erstanden, auf dem in hellen Zuckerguss-Buchstaben 'Ich liebe Dich' stand. Lächelnd hängte sie ihrer Begleitung das Herz um den Hals. Julias Augen strahlten so voller Wärme und Zärtlichkeit, dass es ihm die Kehle zuschnürte. Sie zog ihre Begleitung ins Halbdunkel des Standes. Beide fielen sich in die Arme und küssten sich voller Leidenschaft und Hingabe. Er musste sich geirrt haben. Plötzlich erschien das Foto auf Julias Nachttisch, das neben seinem Bild stand, vor seinem inneren Auge. Er hatte dem bisher keine weitere Bedeutung beigemessen – Julias beste Freundin. Jede Frau hatte eine beste Freundin. Schlagartig wurde ihm klar, weshalb Julia sie bisher nicht miteinander bekannt gemacht hatte. Der Boden unter ihm schien zu schwanken. Tränen liefen ihm über sein Gesicht. Er drehte sich um, zog sich die schwarze Pudelmütze noch tiefer in die Stirn und lief zum Hotel zurück.

Er starrte auf seinen Laptop und las in seinem Liebesroman. Bisher hatte er keine Zweifel an einem Happy End gehabt. Und nun?

Weihnachten stand vor der Tür und sie hatten das Fest gemeinsam geplant. Julia hatte sogar eine Woche Urlaub nehmen können und sie hatten vor, ans Meer zu fahren. Simon hatte eine Ferienwohnung direkt am Strand gebucht und bereits Lebensmittel und Getränke für die Feiertage eingekauft. Er hatte vor, Julia nach allen Regeln der Kunst zu umsorgen und zu verwöhnen, sie zu bekochen, lange Strandspaziergänge mit ihr zu machen und sich die kalte Nordseebrise um die Nasen wehen zu lassen. Das alles hing nun für ihn an einem seidenen Faden. Simon leerte eine Flasche Rotwein und packte sich ins Bett. An Schlaf war allerdings kaum zu denken. Immer wieder erschienen Julia und diese andere Frau vor seinem inneren Auge. Welches Spiel spielte Julia mit ihm? Wollte sie ihn vor aller Welt lächerlich machen?

Irgendwann gegen Morgen verfiel er in einen unruhigen Schlaf und wurde um sieben Uhr vom Klingeln seines Handys geweckt. „Guten Morgen, mein Schatz. Hast du gut geschlafen?" „Julia", krächzte es aus ihm heraus. „Wie war deine Weihnachtsfeier?" „Sie war ganz nett und feucht-fröhlich, aber da ich gleich zum Dienst muss, bin ich nicht so lange geblieben. Sehen wir uns heute Abend bei mir, so gegen neunzehn Uhr? Ich koche uns etwas Schönes", säuselte ihre zarte Stimme in sein verschlafenes und gleichzeitig hellwaches Ohr. „Ich werde da sein."

Simon war so aufgeregt, dass er kaum einen Bissen hinunter bekam, obwohl das Essen vorzüglich schmeckte. Nach so einem opulenten Mahl hatten sie beschlossen, noch einen Winterspaziergang zu machen. Während Julia unter der Dusche stand, nahm Simon den Bilderrahmen vom Nachttisch, löste die Klammern, nahm das Foto heraus und drehte es um. Julia und Clarissa, Rhodos 2009 . Diese Information brachte ihn nicht wirklich weiter. Clarissa war zwar kein Allerweltsname, aber er konnte doch nicht das Telefonbuch nach irgendeiner Clarissa absuchen. In Julias Schreibtischschublade fand er ihr Adressbuch.

Das konnte ihm eventuell weiterhelfen: C. Hartmann, Am Torbogen 8..... Die Straße ‚Am Torbogen' kannte er gut. Sie lag am Rande der Altstadt und gehörte mit ihren restaurierten Häusern und den großen Altbauwohnungen zur beliebtesten, aber auch teuersten Wohngegend der Stadt. Gleich morgen früh wollte er dorthin fahren und verabschiedete sich unmittelbar nach dem Spaziergang von Julia. Er täuschte Kopfschmerzen vor und ihm entging nicht, dass sie enttäuscht war. Ihm war ganz und gar nicht danach, unter diesen Umständen die Nacht mit ihr zu verbringen. Diese Einsilbigkeit kannte Julia von Simon gar nicht, aber sie hielt ihn nicht davon ab, in sein Hotelzimmer zurückzukehren.

Nach einer weiteren, fast schlaflosen Nacht, machte sich Simon am folgenden Morgen auf den Weg. Gegenüber der Hausnummer 8 war ein gemütliches Studentencafe. Er hatte noch nicht gefrühstückt und nahm einen Fensterplatz ein. So hatte er den Hauseingang direkt im Blick. Auf einmal kam er sich wie ein dummer Schuljunge vor. Was hatte er hier eigentlich zu suchen und was versprach er sich? Vielleicht traf er Clarissa an und dann? Er konnte sich ja schlecht mit ihr duellieren oder sie herausfordern, die Finger von Julia zu lassen.

Eine tiefe Eifersucht quälte ihn. Er war bedeutend älter als Julia und hätte ihr Vater sein können, aber dass sie ihn mit einer Frau betrog, wollte ihm nicht in den Kopf. Was gab sie ihr, was er ihr nicht geben konnte? Er lachte bitter vor sich hin.

In einem seiner Kriminalromane hatte ein Homosexueller seinen Liebhaber umgebracht und bei der Buchpremiere hatte Simon sich gebrüstet, wie tolerant er der gleichgeschlechtlichen Liebe gegenüber war. Aber nun, da es an die eigene Substanz ging, sah er die Welt plötzlich in einem ganz anderen Licht.

Er zahlte und ging zielgerichtet über die Straße. C. und J. Hartmann stand auf dem Namensschild. Verwirrt drückte er auf den Knopf und ein Summton ließ die Tür aufspringen.

Er ging hoch in die zweite Etage. Die Wohnungstür war nur angelehnt.

„Moment, ich komme sofort...", hörte er eine helle Frauenstimme. Im Türrahmen erschien eine junge Frau mit hochgesteckten Haaren, die ihn freundlich und erwartungsvoll anschaute. Auf ihrem rechten Arm saß ein etwa zweijähriger Junge, das blasse Gesicht mit Schokolade verschmiert und musterte ihn neugierig. „Ja bitte?", fragte die junge Frau. Simon räusperte sich und wünschte sich ganz weit weg. Diese junge Mutter in schwarzen Leggins und einem langen gelben T-Shirt hatte bestimmt Besseres zu tun, als sich mit seinen bohrenden Eifersüchteleien auseinanderzusetzen. „Bitte entschuldigen Sie die Störung, ich bin auf der Suche nach einer Tante, die hier einmal gewohnt hat. Ich habe den Kontakt zu ihr verloren und dachte, ich fange hier an. Wohnen Sie schon lange hier?" „ Wir wohnen seit vier Jahren hier und wer vor uns in der Wohnung gewohnt hat, kann ich Ihnen beim besten Willen nicht sagen. Als mein Mann und ich die Wohnung besichtigt haben, war sie unbewohnt und frisch renoviert. Warum versuchen Sie es nicht über das Einwohnermeldeamt?" Simon starrte die junge Frau an. Vier Jahre schon...Mann...ein Kind... . Das konnte unmöglich die Clarissa sein, die er suchte. „Maaaamiii", ertönte es plötzlich weinerlich aus der Wohnung. Die junge Frau drehte sich um. „Kommen Sie herein, meine beiden Kinder sind krank und ich will nicht, dass sie sich noch mehr einfangen." Simon folgte ihr. Mit einem Kopfnicken deutete sie auf eine große Wohnküche und bat ihn, dort Platz zu nehmen. „Schätzchen, ich komme ja schon. Hast du schlecht geträumt?" Ein etwa vierjähriges Mädchen mit zerzausten Locken stand in ihrem Schlafanzug am Ende des langen geräumigen Flures. Tränen liefen ihr über die Wangen. Simon nahm in der Küche Platz und schaute aus dem Küchenfenster direkt auf das Cafe, in dem er vorhin gefrühstückt hatte. Die junge Frau kam zurück und musterte ihn mit wachen und interessierte Augen. „Möchten Sie einen Kaffee? Er ist ganz frisch." Simon nickte, obwohl er schon Herzklopfen genug hatte. Sie schenkte ihm den dampfenden Kaffee ein, schob ein Milchkännchen und eine Zuckerdose vor ihn und setzte sich. „Und nun sagen Sie mir, warum Sie wirklich hier sind. Ich weiß, wer Sie sind und kann mir auch denken, warum Sie mich aufgesucht haben." „Ich habe Sie zusammen mit Julia gesehen und war unfreiwillig Zeuge einer sehr intimen Begegnung zwischen Ihnen beiden." „Und das hat Sie schockiert und Ihre männlichen

Grundfesten ins Wanken gebracht, habe ich recht?" Zum ersten Mal hatte Simon einen Hauch von Lächeln auf dem Gesicht und entspannte sich zunehmend. „Ja, da liegen Sie gar nicht so falsch. Ich hätte nie im Traum daran gedacht, dass Julia mich betrügt und schon gar nicht mit einer anderen Frau." „Nun, das ist eine Sache der Definition, meinen Sie nicht? Was heißt betrügen? So wie ich Ihnen nichts wegnehme, nimmt Julia meinem Mann nichts weg." „Vielleicht denke und empfinde ich anders als Sie, das mag an unserem Altersunterschied liegen. Für mich sind Treue und Vertrauen untrennbar miteinander verbunden. Und wenn Julia mir nicht treu ist, hat sie mein Vertrauen missbraucht." „Und das sagen Sie, nachdem Sie Ihre Frau mit Julia betrogen haben?" Simon spürte, wie er verlegen wurde. Die junge Frau ihm gegenüber war glatt wie ein Fisch, er konnte sie nicht packen. „Sie wissen ja bestens über mich Bescheid", kam es ein wenig zu sarkastisch über seine Lippen. „Ich habe aber die Konsequenzen gezogen und meine Frau verlassen." „Werden Sie das von Julia auch verlangen?", kam die Frage seines Gegenübers. „Ich habe nicht das Recht dazu und ... ." „Stimmt und Sie würden es auch nicht erreichen. Zwischen Julia und mir besteht seit Jahren eine tiefe Liebe, die kein Mann je zerstören kann. Wir waren sogar zwei Jahre miteinander verlobt. Trotzdem haben wir uns für einen männlichen Partner entschieden und das soll auch in Zukunft so bleiben. Wir wollten beide immer eine Familie haben. Da bin ich Julia voraus. Ich liebe meinen Mann und meine Kinder über alles. Mein Mann weiß nichts von der Tiefe und dem Ausmaß der Beziehung zwischen Julia und mir. Er hält sie für meine beste Freundin, mehr nicht. Warum sollte ich ihm auch mehr erzählen? Er würde es nicht verstehen, es würde ihn eher verletzen und misstrauisch machen. So what? Versuchen Sie, sich von Ihren Besitzansprüchen und Ihren Vorstellungen von Treue und Moral freizumachen, um die Beziehung mit Julia unbeschwert zu genießen. Ich weiß, dass Julia Sie liebt, doch sie liebt nicht nur Sie."

Simon schnürte es die Kehle zu. Er konnte das alles für sich noch nicht sortieren und hatte plötzlich das Bedürfnis, alleine zu sein. Er merkte, dass Clarissa eine starke Frau war, gegen die er scheinbar in seiner Verwirrtheit nichts ausrichten konnte. Er musste für sich überlegen, wie es weitergehen sollte. Aber eines wurde ihm klar: er konnte seinen Roman weiterschreiben, nicht als die Liebesgeschichte zwischen Julia und ihm, sondern als eine viel pikantere mit einer neuen Gespielin, die unmittelbar ins Geschehen eingebrochen war. Das zumindest war er seinen Leserinnen und Lesern schuldig. Vielleicht würde es auch ihm helfen, seine zukünftige Rolle in diesem ungeplanten Dreiergespann klarer zu definieren.

Was bedeutet Weihnachten?

Martin stand unschlüssig mit seinem Mikrofon in der Einkaufspassage. Unzählige Menschen eilten zielstrebig in die vorweihnachtlich geschmückten Geschäfte, andere kamen mit diversen Tüten wieder heraus, voll bepackt, als würde es morgen nichts mehr zu kaufen geben. Er war seit drei Tagen Praktikant beim RBB und hatte die ehrenvolle Aufgabe, Menschen zu befragen, was sie von Weihnachten hielten.

Der eisige Dezemberwind pfiff ihm um die Nase. Er war ein wenig ratlos, denn er hatte so etwas noch nie gemacht. Aber er hatte schließlich ein gutes Abitur abgelegt, war nicht auf den Mund und noch weniger auf den Kopf gefallen und so straffte er die Schultern, ignorierte die Kälte und trat an die Tür des großen und sehr frequentierten Kaufhauses.

Ein älterer Mann mit einer Wollmütze war sein erster Ansprechpartner – so dachte Martin.

„Guten Tag, darf ich Sie fragen...?" „Nein, dürfen Sie nicht!!" Der ältere Mann warf Martin einen wütenden Blick zu, schlug seinen Mantelkragen hoch und ging mit langen Schritten grußlos an Martin vorbei. Klappe – die Erste! Das konnte ja heiter werden!!

Eine junge hübsche Frau trat aus dem Kaufhaus und blickte sich suchend um. Martin musste sich beherrschen, um nicht völlig in ihren rehbraunen Augen zu versinken und nahm einen erneuten Anlauf. „Entschuldigen Sie bitte, darf ich Sie fragen, was Ihnen Weihnachten bedeutet?" „Wie bitte? Ach so, ja. Moment bitte.

Weihnachten? Ich freue mich auf ein paar freie Tage, die ich mit meinem Freund genießen werde. Ich bin beruflich nämlich viel unterwegs. War's das?" Die junge Frau hatte jemanden entdeckt, der sie offenbar abholen wollte, warf Martin ein kurzes und bezauberndes Lächeln zu und eilte davon.

Ein Pärchen, etwa in Martins Alter, kam lachend aus dem Geschäft, direkt auf Martin zu. „Darf ich Sie etwas fragen?" „Gerne, wenn es nicht allzu lange dauert." Sie schauten Martin erwartungsvoll an. „ Ich sammle Meinungen, was den Menschen Weihnachten bedeutet. Möchten Sie mir Ihre Einstellung dazu sagen?" „Wir fliegen jedes Jahr zu Weihnachten auf die Malediven, um diesem ganzen Geschenkewahnsinn   zu entgehen. Dafür sparen wir das ganze Jahr. Das ist für uns Weihnachten." Vor Martins geistigem Auge tauchten Palmen, ein Kilometer langer Sandstrand und kristallklares Wasser auf. Im nächsten Augenblick aber auch seine spartanisch eingerichtete Studentenbude und seine ewig unterernährte Geldbörse. Ein Kälteschauer riss ihn unsanft in die Realität zurück.

Wenn das so weiterginge, konnte er seinem Sender nichts Besonderes präsentieren. Martin hielt Ausschau nach weiteren Gesprächspartnern. Drei Jungen, Martin schätzte sie auf zwölf oder dreizehn Jahre, drückten sich mit großen Augen am Schaufenster die Nasen platt. Vielleicht konnten die ihm etwas erzählen. „Hey, darf ich euch mal was fragen?"

Verwundert drehten sich die Jungen zu ihm um und schauten neugierig auf sein Mikrofon. „Bald ist ja Weihnachten. Hat das für euch eine besondere Bedeutung?" „Weihnachten ist Weihnachten, da bekommt man Geschenke und ich möchte endlich ein Smartphone haben." Der Größte der drei hatte gleich das Wort übernommen. „Wieso willste das wissen?" Der Kleinste schaute Martin herausfordernd an. „Ich mache eine Umfrage für meinen Sender und sammle Meinungen zum Weihnachtsfest. Hast du auch einen besonderen Wunsch?" Der Kleinste senkte die Augen. „Bei uns gibt's nichts. Meine Eltern sind Hartz IV und haben kein Geld." Martin schluckte. Diese Antwort verschlug auch ihm die Sprache. „Weihnachten hat ja eigentlich eine andere, christliche Bedeutung. Habt ihr davon schon mal gehört?" „Nö, keinen Plan. Ich mach mir gar nichts daraus und bin froh, wenn das vorbei ist. Bei uns ist Weihnachten immer schrecklich. Dann ist mein Vater mal da und meine Eltern streiten sich sowieso nur. Wenn er dann wieder weg ist, heult meine Mutter nur rum. Das brauche ich echt nicht, das nervt." Der Mittlere hatte sich zu Wort gemeldet und erwartete offenbar weitere Fragen von Martin. Doch Martin wusste nicht, was er die drei Jungen noch fragen sollte. Er hatte mehr erfahren, als ihm lieb war. „Na, zumindest habt ihr an Weihnachten schulfrei und müsst nicht in die Schule. Danke, Freunde, dass ihr so offen ward." „Kein Problem." Die Jungen zogen weiter. Berührungsängste hatten sie nicht, aber offenbar auch keinen weiteren Gesprächsbedarf.

Martin brauchte unbedingt etwas Heißes zu trinken, bevor ihm Finger und Füße abzufallen drohten. Er packte sein Mikrofon weg und nahm Kurs auf einen Tchibo Laden. Ein heißer Kaffee würde ihn wieder auftauen und beleben. Er setzte sich ans

Fenster neben einen Mann mittleren Alters, der sich mit geübten Fingern ein paar Zigaretten drehte. „Was willste denn wissen, Kumpel? Ich habe dich schon eine Weile beobachtet, wie du da mit deinem Mikro herumfuchtelst."

Martin schaute sich den Mann genauer an. Seine Kleidung war heruntergekommen, seine Finger vom Nikotin gelb gefärbt und in seinem grauen Vollbart steckten ein paar Brötchenkrümel. Aber seine Augen waren hell und freundlich. „Was ich wissen will? Mein Sender will wissen, was die Leute so von Weihnachten halten, aber bisher habe ich keine brauchbare Antwort bekommen." „Ich fürchte, das wirst du auch nicht. Schau dich doch um! Was siehste? Geschäftskassen, die laut klingeln, Leute in Hetze und Eile, auf der Suche nach Geschenken, Tüten voller Esswaren, damit sich die liebe Familie so richtig den Wanst vollhauen kann. Was erwartest du hier in einer Einkaufspassage, in der vor Weihnachten mehr Hektik herrscht als zum Winter- oder Sommerschlussverkauf." Martin sah seinen Nachbarn an. Er hatte recht. „Soll ich dir auch nen heißen Kaffee mitbringen? Du siehst aus, als könntest du einen vertragen." „Wenn's dein Budget verkraften kann, sage ich nicht nein." Martin kam mit zwei dampfenden Kaffeebechern und vier belegten Brötchenhälften zurück. Den Teller schob er in die Mitte und bedeutete seinem Nachbarn zuzugreifen. „Das ist Weihnachten", murmelte der und genoss sichtlich sein Schinkenbrötchen mit Ei. „Wie meinst du das?" „Ich schätze, du bist Student. Hast wahrscheinlich chronischen Geldmangel und trotzdem teilst du dir die Brötchen und den Kaffee mit einem Kerl, der dein Vater sein könnte und den du absolut nicht kennst." „Da magst du recht haben. Meinst du, die Menschen denken nicht an das Fest der Liebe, der Familie, des Miteinander? Das hat doch viel mit Weihnachten zu tun." „Wenn du dich mit deinem Mikro vor eine Kirche stellst, bekommst du mit Sicherheit ganz andere Antworten als hier. Doch, was willst du wirklich hören?"

Martin blickte seinen Nachbarn nachdenklich an. Ja, was wollte er hören? Er wollte seinem Sender einen Beitrag bieten, in dem die Menschen begeistert von Weihnachten, vielleicht auch freudig von ihren Plänen für das Fest berichteten. Doch die Realität war eine andere. Weihnachten war in jedermanns Kopf, ein durchaus nicht wegzudenkendes kalendarisches Thema, dem sich niemand entziehen konnte, doch Hektik, Ansprüche, Fluchtgedanken, Resignation und Kapitulation, inmitten von Lichtern, Glocken und Glitzer war das, was die Menschen beschäftigte. Und nicht das Kind in der Krippe im Stall von Bethlehem, das die Welt so nachhaltig verändert hatte. Davon spürte Martin nichts.

Eine Frage der Zeit

Anna zog sich ihre schwarze Wollstrickjacke enger um den Körper und schaute verwundert aus dem Fenster. Es schneite. Sie hatte sich schon gefragt, warum es so früh dunkel wurde und die Vögel in ihrem Garten nicht mehr zwitscherten. Wie ein staunendes Kind drückte sie ihre Nase an der Fensterscheibe platt und bestaunte die dicken Flocken, die sich wie ein Puderzuckerteppich auf den Rasen ihres Gartens legten. Wunderschön sah das aus und sie bestaunte die weiße Pracht, bis es draußen dunkel wurde. Als ihre Tochter abends anrief, war sie ganz aufgeregt. „Stell dir vor, Luisa, draußen ist alles weiß!" „Mama, es ist Winter und es hat geschneit." „Winter, ja ," sie zögerte, als versuchte sie zu begreifen, was das Wort Winter bedeutete. „Bald ist Weihnachten, Mama." „Aber ja, Weihnachten!" Das war die Verbindung, die Anna mit dem Wort Winter gesucht hatte.

Sie setzte sich in ihren großen Ohrensessel, schloss die Augen und versuchte sich daran zu erinnern, was Weihnachten bedeutete. Wie so oft versagte ihr Gedächtnis. Doch sie wusste sich zu helfen. Solange sie geistig klar im Kopf gewesen war und diese gelegentlichen Aussetzer noch nicht hatte, führte sie akribisch genau Tagebuch. Sie wusste, dass Weihnachten eine besondere Bedeutung hatte, denn eine innere Unruhe erfüllte sie. Ihr Herz schlug schneller, ihre Handinnenflächen wurden feucht. In welchem Tagebuch sollte sie suchen?

Unschlüssig stand sie vor ihrem Bücherregal, in dem die in Leder gebundenen Tagebücher sorgsam nebeneinander aufgereiht waren und betrachtete die Jahreszahlen auf den Buchrücken. In welchem sollte sie nachschlagen? Leise liefen ihr die Tränen über die Wangen. Warum konnte sie sich nicht erinnern? Anna griff nach dem Buch aus dem Jahre 1983 und blätterte es ein wenig ratlos durch.

16. November 1983..... ‚Ich bin in großer Sorge. Herbert liegt auf der Intensivstation – Herzinfarkt. Die Ärzte wissen nicht, ob er es schafft.'

19. November 1983 ... ‚Das Warten nimmt kein Ende, sein Zustand ist unverändert. Aber er ist stark, ich fühle es.'

29. November 1983 ...Heute konnten wir Herbert nach Hause holen. Er schläft viel und fühlt sich schlapp. Aber das wird schon wieder...'

Von Tag zu Tag machte Herbert kleine Fortschritte. Er schaffte es bald, seine geliebten Kaninchen alleine zu füttern, stand lange an ihrem kleinen selbst gezimmerten Stall und hielt Zwiesprache mit ihnen. Oft saß er am Fenster und starrte hinaus in den Garten, als überlege er, wieviel Zeit ihm bis zu seiner letzten Reise blieb. Mit Anna sprach er nicht darüber, was ihn bewegte. Das war typisch für ihn , alles wollte er mit sich allein ausmachen. Vielleicht wollte er sie auch nicht beunruhigen. Sie drängte ihn nicht. Anna hatte im Laufe ihrer Ehe gelernt zu warten, bis er ihr einen Bruchteil von dem erzählte, was ihn bewegte. Sie blätterte weiter.

24. Dezember 1983 ... ‚Herbert freut sich, dass die Kinder und Enkelkinder am zweiten Feiertag kommen...'

Das war Tradition in ihrem Haus. An allen zweiten Feiertagen, ob Ostern, Pfingsten oder Weihnachten, war das große Haus mit Stimmen und Lachen und dem Getrappel von Kinderfüßen erfüllt. Stundenlang saß die Familie zusammen und erzählte sich alles, was erzählenswert war. Die Enkelkinder spielten meist im Schlafzimmer der Großeltern. Nur zum Essen kamen sie zu den Großen und hatten es eilig, danach wieder ungestört und gemeinsam zu spielen. Die Tage waren rar, an denen die Cousins und Cousinen sich trafen, denn sie wohnten weit auseinander.

26. Dezember 1983 .... Kein Eintrag, nur ein schwarzes dickes Kreuz.

Anna schluckte. Ihr Herz raste. Sie fasste sich an die Kehle, um die Luft zum Atmen dahin zu lenken, wo sie am dringendsten gebraucht wurde. Ihr wurde heiß und ihr Herz krampfte sich schmerzlich zusammen. Plötzlich erinnerte sie sich. Sie hatte eben ein Kuchenblech aus dem Ofen geholt und den Kartoffelsalat für den Abend abgeschmeckt, als ihre Schwester Grete verstört aus dem Wohnzimmer in die Küche kam.

„Anna, ich glaube, Herbert ist eingeschlafen."

„Red keinen Quatsch, es ging ihm heute doch so gut und er war voller Vorfreude, dass die Kinder heute Nachmittag kommen." Sie betrachtete ihre Schwester, die mit geröteten Augen in der

Tür stand. Plötzlich musste sie sich am Tisch festhalten, um nicht in die Knie zu sacken.

„Komm!" Grete stützte ihre Schwester und führte sie behutsam ins Wohnzimmer.

Herbert saß in seinem Sessel und hatte die Augen geschlossen. Um seinen Mund lag ein friedliches Lächeln. In dem großen Aschenbecher vor ihm lag seine Zigarre und glühte noch.

Anna informierte telefonisch ihre Kinder, die fast alle schon auf dem Sprung zu ihren Eltern oder noch beim Mittagessen waren.

Der Nachmittag verlief sehr gedämpft. Niemand konnte begreifen, dass Herbert seine letzte Reise angetreten hatte. Die Kinder nahmen unter Tränen Abschied von ihrem geliebten Vater, die Enkelkinder wurden behutsam an den Sessel des Opas geführt und konnten ihn noch einmal sehen. Dann legte sich eine tiefe und bleierne Trauer über das Haus. Der einsetzende Schneefall ließ jedes noch so kleine Geräusch verstummen, das sich in die frische Trauer mogeln wollte.

An diesem tiefgreifenden Jahresende 1983 hatte Anna beschlossen, nie wieder Weihnachten in traditioneller Form zu feiern. Alle weihnachtlichen Dekorationen hatte sie in Kisten gepackt und im Keller verstaut. Die Kinder holten sie über die Feiertage immer zu sich und in jedem Jahr trafen sie sich reihum. Herbert war zwar immer mitten unter ihnen, aber der weihnachtliche Charakter bleib außer dem gemeinsamen Besuch der Christmette außen vor. Das war ein Agreement, das die

Familie geschlossen hatte, um die Feiertage ohne den tiefen Schmerz zu überstehen.

Am nächsten Morgen fand Anna ihren selbst geschriebenen Zettel auf dem Küchentisch. „Wann ist Weihnachten? Weihnachtsdekoration!!!" Anna schaute auf ihrem Kalender nach, wann Weihnachten ist. Übermorgen war der erste Advent. Die dünne Schneedecke vom letzten Abend war zu einem dicken weißen Teppich gewachsen. Sie zog sich eine alte Hose und einen warmen Pullover an, nahm sich eine Taschenlampe und stieg in den Keller hinab. Drei große Kisten mit der Aufschrift WEIHNACHTEN waren im hintersten Winkel des Kellers versteckt. Es kostete sie eine Unmenge an körperlicher Kraft, ihre weihnachtlichen Schätze vom Keller ins Wohnzimmer zu tragen. Aber als sie am Abend mit schmerzenden Gelenken in ihrem Sessel saß und ihre seit Jahrzehnten gehüteten Engel, Sternsinger, Nussknacker, Weihnachtsgirlanden, Türkränze und Pyramiden betrachtete, erfüllte sie eine tiefe, lange nicht erlebte innere Ruhe und Gelassenheit.

Pünktlich um achtzehn Uhr dreißig, wie jeden Abend, rief Luisa an.

„Ich möchte, dass wir alle Weihnachten in diesem Jahr wieder bei mir feiern, so wie früher, als euer Vater noch lebte. Ich möchte, dass das Haus wieder voll ist. Die Stille, die ich ständig um mich habe, ist erdrückend", erzählte sie ihrer verblüfften Tochter. „Bist du dir da ganz sicher, Mama?" „Aber ja! Ich habe meine Weihnachtskisten heute ausgepackt und habe alles hier im Wohnzimmer stehen. Vielleicht hast du morgen ein wenig Zeit und kannst mir beim Schmücken helfen. Alleine mag ich nicht mehr auf die Leiter steigen."

Als Luisa ihre Mutter am nächsten Morgen mit frischen, noch warmen Brötchen überraschte, war sie erstaunt, wie innerlich aufgeräumt ihre Mutter schien. So hatte sie sie lange nicht mehr erlebt. Gemeinsam schmückten sie das Haus vorweihnachtlich und Luisa erinnerte sich an ihre Kindheit und die stimmungsvolle Advents- und Weihnachtszeit in ihrem Elternhaus. Seit dem Tod ihres Vaters hatte ihr an Weihnachten immer etwas ganz Bedeutendes gefehlt.

Anna freute sich, als sie das Strahlen in Luisas Augen sah. Sie kochte für beide einen Tee und stellte den von Luisa mitgebrachten Adventskranz auf den Wohnzimmertisch. Ihr war nicht entgangen, dass er keine richtigen, sondern nur LED-Kerzen hatte. Und sie wusste auch warum.

Die immer häufiger kommenden Aussetzer in ihrem Gedächtnis waren Anna selbst nicht entgangen. Häufig saß sie in ihrem Sessel und weinte. Aber was konnte sie dem Altwerden entgegensetzen? Sie wusste, dass ihr Kinder sich große Sorgen um sie machten und es lieber sähen, wenn sie in ein Seniorenheim gehen würde. Aber noch hing ihr Herz zu sehr an diesem Haus, in das Herbert sie am Tage ihrer Hochzeit getragen hatte. Sie liebte den Garten, den sie gemeinsam angelegt hatten und der ihren Kindern immer der liebste Spielplatz gewesen war. Und Herbert war in diesem Haus friedlich eingeschlafen und auf seine letzte

Reise gegangen. Wäre es nicht ein Verrat an ihm, das alles auf-zugeben?

Innerlich aber spürte sie, dass der Zeitpunkt gekommen war, das alles aufzugeben und den letzten Lebensabschnitt unter neuen Vorzeichen zu beginnen. Das war der Abschnitt, der auch sie auf ihre letzte Reise vorbereiten würde.

„Weißt du, mein Kind, es ist, als sei dein Vater wieder hier – so wie früher. Aber, es tut mir nicht mehr weh. Und ich verspreche dir eins: nach Weihnachten werde ich mich eurem Vorschlag und Wunsch beugen und wir können uns um einen Platz im Altenheim kümmern. Es wird Zeit für mich."

An den Rand gedrängt

Es ist Donnerstagmittag. Geschäftig eilen die Menschen durch die Fußgängerzone der Altstadt, voll bepackt mit Tüten, aus denen weihnachtlich Verpacktes schaut. So kurz vor dem Fest wird das Geschiebe auf den Gehwegen immer schlimmer und die Menschen am Rande des Gehweges werden immer mehr verdeckt. So auch die kleine Frau, die still in einer Ecke mit Blick auf den Dom sitzt. Vom Bauch an ist sie in einen blauen Müllsack gepackt. Eine Wolldecke umgibt ihren Unterleib und ihre Beine und ihren neun Monate alten pechschwarzen Hund, dessen verschiedenfarbige Augen aufmerksam das Geschehen rings herum betrachten. In einer anderen Mülltüte, ebenfalls in eine wärmende Decke eingehüllt, liegt ihr anderer Hund, ebenfalls jung und mit einem Kaubonbon beschäftigt.

„Möchten Sie eine Bratwurst essen?", fragt eine elegant angezogene ältere Dame und blickt die stille Frau auf dem Gehsteig freundlich an. Sie hebt den Kopf, lächelt die ältere Dame freundlich an und antwortet leise „Gerne".

Ich weiß nicht, wie lange die Frau dort schon sitzt. Sie ist zierlich gebaut. Sie könnte vierzig, aber auch sechzig Jahre alt sein. Sorgenfalten ziehen sich durch ihr Gesicht. Sie trägt eine dunkle Wollmütze auf dem Kopf. Ihre zierlichen Hände stecken in schwarzen, mit Löchern durchsetzten Handschuhen. Die Finger sind nicht bedeckt. Mit einer dicken Stopfnadel versucht sie in der winterlichen Kälte dunkle Socken zu flicken. Gelegentlich legt sie die Nadel beiseite, haucht in ihre eiskalten Hände und streichelt liebevoll die Köpfe ihrer beiden jungen Hunde, die fast bewegungslos an ihrer Seite liegen und die wenige Wärme der Wolldecken auf dem gefrorenen Boden genießen.

Hin und wieder bleiben Menschen stehen, betrachten die Frau nachdenklich und werfen ein paar Münzen in einen kleinen Filzhut, der vor ihr liegt. In diesen Momenten leuchten ihre Augen und ihre schmalen Lippen hauchen ein freundliches „Danke".

Second Hand

„Findest du mich hässlich?" Das schwarze Sweatshirt mit der lauschigen Kapuze blickte unsicher um sich.

„Hier bin ich", ertönte erneut ein leises Stimmchen, fast flehentlich.

Das Sweatshirt blickte zur Seite und entdeckte einen schwarz-rot gestreiften Rollkragenpullover für Damen, der aufgeregt auf seinem Bügel zappelte.

„Wieso sollte ich dich hässlich finden?", fragte das Sweatshirt verwundert.

„Du bist zwar nicht ganz meine Kragenweite, aber ich finde, du siehst gut aus."

Der schwarz-rot gestreifte Damenpullover leuchtete plötzlich in einem dunklen Kirschrot und ließ den roten Farbton mundig aufleuchten.

„Warum fragst du mich das?"

„Ich hänge schon so lange hier und niemand will mich haben." Auf dem Rollkragen glitzerten kleine Wassertröpfchen, als würde der schwarz-rot gestreifte Rollkragenpullover weinen.

„Bald ist Weihnachten. Die Menschen kaufen Weihnachtsgeschenke ein und bald wirst du, hübsch verpackt, unter einem

Weihnachtsbaum liegen", antwortete das schwarze Sweatshirt zuversichtlich.

„Nicht schon wieder", kreischte der schwarz-rote Rollkragenpullover. Seine Stimme überschlug sich fast und auf dem Schwarz des Pullovers bildeten sich hektische rote Flecken.

Das Sweatshirt schaute ratlos drein.

„Möchtest du darüber reden?"

„Da gibt es nicht viel zu erzählen", hob der schwarz-rote Rollkragenpullover an.

„Im letzten Jahr lag ich bei H&M im Regal der Damenoberbekleidung. Am Heiligen Abend kaufte mich jemand, nahm mich mit, schlug mich lieblos in ein Stück buntes Geschenkpapier ein und verfrachtete mich in eine dunkle Ecke unter dem Weihnachtsbaum. Bei der Bescherung am Abend wurde ich als letztes Päckchen ausgepackt..." Der schwarz-rot gestreifte Rollkragenpullover kämpfte bereits wieder mit den Tränen und hielt einen Moment inne.

„Ja – und?", fragte das Sweatshirt gespannt und auch ein wenig verlegen. Er hatte keine Erfahrung mit weinenden Pullovern und wusste nicht so recht, wie er reagieren sollte, ohne in ein Fettnäpfchen zu treten.

„Eine etwas wohlbeleibte ältere Frau mit einer fürchterlichen grauen Haarkrause packte mich aus, sah mich geringschätzig an und fing an zu schreien. Dabei warf sie mich wütend auf ein Sofa, auf dem ein Schäferhund lag. Der schnappte nach mir, grub seine scharfen Zähne zwischen meine feinen Maschen und ging mit mir in seine Hundehütte."

„Wieso hat die Frau geschrien, als sie dich ausgepackt hatte? Ich dachte immer, die Menschen würden sich über Geschenke freuen?"

„Die nicht", setzte der schwarz-rot gestreifte Rollkragenpullover leise, aber deutlich beleidigt hinzu. „Sie hat ihren Mann nur angeschrien, wie er dazu käme, ihr etwas Gestreiftes zu schenken. Ob sie denn aussehen solle wie ein wandelndes Fass!"

„Und dann?" Das Sweatshirt war fassungslos und hätte den rot-schwarz gestreiften Rollkragenpullover am liebsten in seine langen Ärmel geschlossen.

Der schwarz-rot gestreifte Rollkragenpullover holte tief Luft. „Die Nacht über musste ich in der Hundehütte bleiben. Der große Schäferhund legte sich auf mich, so dass ich kaum Luft zum Atmen bekam. Am nächsten Morgen packte mich die Frau, zog mich unter den Schäferhund hervor, der die Nacht auf mir verbracht hatte und verfrachtete mich in einen blauen Müllsack, in dem es fürchterlich stank. Ich lag ewig zwischen ausrangierten Bettlaken, mehrfach gestopften Socken und ausgefransten Baumwollhemden. Erst vor kurzem kam ich hierher, wurde gewaschen, wieder instand gesetzt – der Schäferhund hatte mir einige Blessuren verpasst – und seitdem hänge ich hier."

Das Sweatshirt war entsetzt und hoffte inständig, dass ihm ein solches Schicksal erspart bleiben würde. Zärtlich flüsterte er dem schwarz-rot gestreiften Rollkragenpullover zu: „Warte ab, in diesem Jahr hast du sicher mehr Glück. Diesmal kauft dich jemand, dessen du würdig bist und der deine Schönheit zu schätzen weiß."

Das tröstete den schwarz-rot gestreiften Rollkragenpullover nicht. Zerknirscht blickte er das schwarze Sweatshirt an und flüsterte ihm zu:

„Am liebsten würde ich in die Altkleidersammlung gehen und von jemandem getragen werden, der mich wirklich zu schätzen weiß und meinen wahren Wert erkennt. Dem würde ich all meine Wärme schenken."

Kakofonie oder Berlin im Weihnachtsfieber

„Papaaa, komm endlich!" - quietschende Autoreifen - „Last Christmas" -

Berliner BVG-Busse - multikulturelle Gesprächsfetzen - „Ich zahle 39€ in alle Netze" -

lautes Hämmern von einem Baugerüst - *Feliz Navidad* - wütendes Hupen an einer roten Ampel - das Klackern von Blockabsätzen auf dem harten Asphalt - „Wat gloobste, wie neidisch die jekuckt hat!" - Sirenen eines Notarztwagens -

Und der kühle Wind trägt den Geruch von Glühwein, gebratenen Mandeln und Thüringer Rostbratwürstchen über den Kurfürstendamm...

Nichts wie weg!

Valentina schloss sorgfältig die Haustür ab, wuchtete ihren schweren Koffer und ihre Reisetasche in den Fahrstuhl und stellte sich mit hochgezogenem Mantelkragen an die Straße. In wenigen Minuten würde ihr Taxi kommen.

Dann öffnete sie ihre Handtasche, holte sich eine Zigarette und das Feuerzeug heraus und spürte nach den ersten Zügen, dass sich ihre vibrierenden Nerven langsam beruhigten. Kurz darauf hielt das bestellte Taxi neben ihr. Ein freundlich blickender Wuschelkopf stieg aus und packte die beiden Gepäckstücke mit Schwung in den Kofferraum. „Na, junge Frau, wo soll's denn so früh schon hingehen?", fragte er munter. „Zum Flughafen, bitte", gab sie etwas distinguiert zurück. Grauenvoll, diese Menschen, die mitten in der Nacht schon Bäume ausreißen können, gut gelaunt und redselig sind, schoss es ihr durch den Kopf. Sie lehnte sich in den bequemen Rücksitz des Daimler S 500 und schloss die Augen in der Hoffnung, der freundliche Taxifahrer verwickele sie nicht noch in ein Gespräch über ‚Morgenstund' hat Gold im Mund' oder so etwas ähnliches.

Valentina blickte aus dem Autofenster, ohne bewusst auf etwas zu achten. Es war noch früh am Morgen, trotzdem waren schon viele Menschen unterwegs. Auch auf den Straßen war bereits lebhafter Verkehr, der den Taxifahrer hin und wieder zu leisem Schimpfen verleitete. Sein Fahrgast wünschte keine Unterhaltung. „Schade", dachte er, während er Valentina im Rückspiegel beobachtete.

Was er sah, gefiel ihm ganz gut. Sie hatte lebendige grüne Augen, die gut zu ihrer roten Haarmähne passten. Nur blickten diese Augen gerade missmutig aus dem Fenster. Ihre Lippen hatte sie fest zusammengepresst. Irgendetwas musste die junge Frau beschäftigen. Leider musste sich Daniel wieder auf den Verkehr konzentrieren, der in der Nähe des Flughafens noch zunahm. Trotzdem musste er immer wieder in den Rückspiegel sehen. Valentina bemerkte seine Blicke und verzog das Gesicht. Demonstrativ sah sie weiter aus dem Fenster. Ihre Körperhaltung signalisierte Abwehr. Endlich hielt das Taxi an. Daniel spurtete um das Auto und wollte Valentina die Tür öffnen, doch die war schon ausgestiegen. Ihm blieb nichts weiter übrig, als den Kofferraum zu öffnen und der jungen Frau ihr Gepäck zu übergeben. Sie fischte das nötige Kleingeld aus der Tasche und drückte es Daniel in die Hand. „Reicht das?", fragte sie schnippisch. Daniel nickte und Valentina stolzierte hoch erhobenen Hauptes in Richtung Flughafeneingang. Sprachlos schaute er ihr nach. Sollte er sie gehen lassen? Daniel fuhr sich mit beiden Händen durch seine dunkelbraunen Haare und überlegte, ihr als wohlerzogener Mann das Gepäck bis zum Abfertigungsschalter zu tragen. Sie war schon fast an der Tür, als jemand laut ihren Namen rief. Fragend sah sie sich um und erstarrte. Das konnte doch nicht wahr sein! Entsetzt ließ sie ihren Koffer fallen. Durch den Aufprall öffnete er sich und sein Innenleben ergoss sich über den Fußboden.

Bunte Sommershirts, ein Bikini, diverse Dessous, Unterwäsche, Badetücher und Sommersandaletten ergossen sich quer über

den Steinboden. Valentina sah entsetzt auf den verstreuten In-
halt ihres Koffers und stöhnte auf. „Auch das noch! So ein
Scheißtag." Das war seine Gelegenheit. Daniel sprintete, so
schnell er konnte, in ihre Richtung, bückte sich und sammelte
die verstreuten Utensilien wieder ein. Nur aus den Augenwinkeln bemerkte er den Mann, der sich Valentina mit fragendem
Blick näherte. „Das ist aber eine Überraschung, dich hier zu treffen. Wo soll es denn hingehen?", fragte er neugierig. Sie fühlte
sich in dieser Lage völlig überfordert. Vor ihr auf dem Boden
kroch ein wildfremder Taxifahrer und sammelte ihre geheimste
Unterwäsche in aller Öffentlichkeit ein. Vor ihr stand ein One-
Night-Stand, dessen Existenz sie längst aus ihrem Bewusstsein
verbannt hatte.

Warum konnte man sich nicht einfach in Luft auflösen? Valentina widerstand der Versuchung, laut zu schreien und sich die
Haare zu raufen. Manche Tage bestanden nur aus Nerven tö-
tenden Momenten. Erst das Drama mit ihrer Familie und der
Streit wegen Weihnachten. Sie wollte gar nicht mehr daran
denken. Daniel hatte mittlerweile sämtliche Kleidungsstücke
aufgesammelt und in den Koffer gequetscht. Er konnte sich
nach seiner Hilfsaktion ein Grinsen nicht verkneifen. Sicher würde die junge Dame in dem einen oder anderen Teilchen sehr
verführerisch aussehen. Leider schaute Valentina genau in diesem Moment in Daniels Gesicht. Grimmig riss sie ihm den Koffer
aus der Hand und stürmte in das nächste Restaurant. Da ihr
Flieger erst viel später startete, hatte sie noch genügend Zeit.
Beide Männer schauten ihr verblüfft hinterher. Daniel sah auf

seine Uhr, denn langsam musste er mal wieder an andere Fahrgäste denken. „Ich habe noch zu tun", murmelte er in eine unbestimmte Richtung und stiefelte zu seinem Taxi. Valentinas One-Night-Stand stand unschlüssig herum. Er dachte an die wenigen, aber unvergesslichen Stunden, die ihn und sie verbanden. Eigentlich hatte er sie noch gar nicht richtig kennengelernt. Das konnte man sicher nachholen. Sie saß bereits mit ihrem Gepäck grübelnd im Restaurant. Ihre Gedanken waren ebenfalls bei dieser schon lange vergessenen Nacht. Ihr fiel noch nicht einmal der Name ihrer Bettbekanntschaft ein. Sie seufzte tief, als sich die Tür öffnete und genau diese Bekanntschaft den Raum betrat.

‚Oh nein! Wo ist das berühmte Loch im Erdboden?', stöhnte sie innerlich und kreise meditativ mit dem Löffel im Uhrzeigersinn durch ihre Kaffeetasse. Warum musste ausgerechnet dieser Typ hier auftauchen? Sie wollte nur weg, alles hinter sich lassen und sich ein paar Wochen in einem kleinen Hotel auf Teneriffa ausruhen. Valentina beschloss, ihre ganze Aufmerksamkeit dem dampfenden Kaffee zu widmen, bis ihr Flug aufgerufen würde. Der Typ musste ja schließlich merken, dass er gerade höchst unwillkommen war. Sie unterbrach ihre Meditationsübung, setzte die Tasse an den Mund und erfasste mit einem kurzen Rundumblick die Situation. Da saß er, drei Tische weiter, biss herzhaft in ein Käsebrötchen und war so damit beschäftigt, dass sie in Sekundenschnelle ausrechnete, wie lange sie zum Restaurantausgang bräuchte. Eine Frau, ein Gedanke, eine sinnvolle Tat! Den erstaunten Blick ihres Lovers registrierte sie noch aus den Augenwinkeln, als sie mit ihrem Gepäck das Restaurant verließ und sich in die nächste Flughafentoilette begab.

Valentina holte tief Luft. Sie schaute in den Spiegel und schüttelte den Kopf. Das konnte doch alles nicht wahr sein. Ihr stand der Sinn nach Urlaub unter Palmen, Urlaub mit Sonne und Meer. Wieso musste das Leben nur so kompliziert sein? Viel Zeit blieb ihr nicht zum Nachdenken, denn ein kleines Mädchen zupfte vorsichtig an ihrer Bluse. „Kannst du mir helfen?", fragte die Kleine. Valentina schaute verwundert auf das Kind. Dicke Tränen liefen ihm über das Gesicht. Den Teddy fest an sich gedrückt, stand es verängstigt neben ihr. Bevor sie antworten konnte, wurde ihr Flug aufgerufen. Was sollte sie jetzt tun? Die junge Frau hockte sich neben das Kind und strich im vorsichtig über die blonden Locken. „ Bist du denn ganz allein hier?", fragte Valentina. „Nein", antwortete das Mädchen, „ich bin mit meinem Vati hier, aber ich finde ihn nicht mehr." Valentina schloss die Augen. Der spontan in letzter Minute gebuchte Urlaub , der Taxifahrer, ihre kurze Bekanntschaft, ein kleines Mädchen...und ihr Flug nach Teneriffa. Was sollte sie nur tun? Sie straffte die Schultern, schnappte sich ihren Koffer und ihre Reisetasche, nahm die Kleine an die Hand und verließ entschlossen die Toilette. Kaum dass sie diese verlassen hatte, schrie die Kleine: „Papa, Papa...!" und lief glücklich zu einem jungen Mann. Valentina erblasste. Es war ihr unbekannter Lover. Die Kleine hatte er ihr unterschlagen, die passende Mutter dazu wohl auch. Wutentbrannt und demonstrativ blickte sie in die entgegengesetzte Richtung.

„Letzter Aufruf für die Passagiere nach Teneriffa. Bitte kommen Sie zum Flugsteig 19", tönte es aus dem Lautsprecher. Damit war ihr jegliche Entscheidung abgenommen. Sie nahm ihr Gepäck, ungeachtet ihres Lovers und dessen Tochter, und eilte zum Flugsteig. Wenig später lehnte sie sich in ihrem Sitz zurück, schloss die Augen und wartete nur darauf, dass die Maschine ihre Starterlaubnis bekam und sie weit, weit wegbrachte. Valentina flog nicht gerne. Als sie ein junges Mädchen war, machte ihr das gar nichts aus. Ihr Vater war beruflich viel unterwegs gewesen, und wann immer sie es einrichten konnten, flogen Valentina und ihre Mutter mit. Sie war viel in der Welt herumgekommen. Mit geschlossenen Augen, hämmerndem Puls, blass bis unter die Haarspitzen, die feuchten Hände aneinander gepresst, wartete sie darauf, dass die Maschine ihre Flughöhe erreichte. Erst dann öffnete sie vorsichtig die Augen und merkte, dass ihr Innenleben sich langsam wieder normalisierte. Während des Fluges hatte sie sich dann soweit entspannt, dass die Landung zwar beschwerlich, aber gerade zu überstehen war, ohne gesundheitliche Schäden zu hinterlassen.

Sie war nun da, wo es ihr sicher besser gehen würde, auf der Insel des ewigen Frühlings. Fern ab von vorweihnachtlichem Rummel, überzogenen Erwartungshaltungen der Eltern, einem Freund, der ebenso spießig wie seine Eltern Weihnachten mit Geschenken und allem kulinarischen Brimborium unter dem geschmückten Weihnachtsbaum verbrachte.

Als sie mit ihrem Gepäck den Flughafen verließ, spürte sie eine ungeheuerliche Leichtigkeit und der Kloß in ihrem Inneren, der sich seit Wochen wie ein Mühlstein angefühlt hatte, war wie-weggeblasen.

Valentina machte es sich in dem Bus bequem, der sie vom Flughafen in die nördliche Stadt Puerto de la Cruz bringen sollte. Das gleichmäßige Fahren auf der Autobahn beruhigte sie und ließ die Geschehnisse der letzten Tage noch einmal vor ihrem inneren Auge Revue passieren.

Es war viel geschehen, der Streit mit ihren Eltern, die hässliche Auseinandersetzung mit ihrem Freund Christian und ihr konsequentes Buchen des Fluges und ihr Aufbruch.

Warum wollte sie niemand verstehen? Warum konnte niemand begreifen, dass sie nach wochenlangen Vorbereitungen in ihrer Kindertagesstätte und mit ihrer Mutter keine Lust mehr auf Weihnachten hatte? Im Kindergarten hatten sie drei Wochen lang jeden Tag mehrere Stunden gebastelt, Baumschmuck aus bunter Folie, filigrane Strohsterne, Bilder für Mama und Papa, Oma und Opa getuscht, Wunschzettel geschrieben, Kekse gebacken, Weihnachtslieder und Weihnachtsgedichte einstudiert und zum Adventskaffee mit den Eltern vorgetragen, ja, selbst die Weihnachtsfeier im Team hatte sie geduldig über sich ergehen lassen. In ihrer begrenzten Freizeit war sie stundenlang mit ihrer Mutter durch die Geschäfte gehetzt, um Weihnachtsgeschenke für Opa Willi und Oma Hanni, ihren Vater und ihre beiden jüngeren Geschwister zu kaufen. Vor den Adventssonntagen hatte sie mit ihren Geschwistern geduldig Teig bereitet, ausgerollt, verschiedene Motive ausgestochen, Kekse gebacken und anschließend verziert.

Mit Christian war sie auf mehreren Weihnachtsmärkten in der Stadt gewesen, hatte sich mit den Schlangen von Menschen von einem zum anderen Stand mit Kunsthandwerk, Holzspielzeug, billigem Modeschmuck und winterlichen Accessoires schieben lassen, sich zwischendurch mit Glühwein, Bratwurst und gebrannten Mandeln fit gehalten. Und dann der ultimative Knall zwischen den beiden. Wann sind wir wo?

Valentina fühlte sich verpflichtet, wie immer den Heiligen Abend bei ihrer Familie zu verbringen und Christian bei seiner. Im ersten Jahr ihrer ganz frischen Beziehung waren sie beide sehr tolerant und haben den jeweils anderen in seinem Wunsch akzeptiert und respektiert, aber nun waren sie über ein Jahr zusammen und das Bedürfnis nach einem eigenen gemeinsamen Heiligen Abend war da. Bei Valentina offenbar mehr als bei Christian. Valentina war durchaus der Meinung, dass niemand zu kurz käme, wenn man genau plante, mit den jeweiligen Eltern und Geschwistern spräche. Christian erklärte ihr in seiner ihm eigenen Logik, wenn die Verwandtschaft, die am ersten Feiertag zum Gänsebraten-Essen geladen war, gegangen sei, blieb ihnen noch der gemeinsame Abend des ersten und der ganze zweite Weihnachtsfeiertag. Valentinas Eltern hätten sich mit einem gemeinsamen, aber verkürzten Heiligabend zufriedengegeben, aber sie waren natürlich nicht abgeneigt, ihre älteste Tochter den ganzen Abend, über Nacht und auch am ersten Feiertag bei sich zu haben, zumal die Großeltern mittags erwartet würden und eine helfende weibliche Hand in der Küche gern gesehen wäre.

Und schließlich sähen die beiden Nachkömmlinge, die Zwillingsschwestern Luise und Lotte, ihre große Schwester auch nicht allzu oft. Als Valentinas Vater nebenher bemerkte, dass Liebe auch Verzicht bedeute, hatte es sich bei Valentina ganz schnell ausgeweihnachtet.

Sie war Mitte zwanzig, stand beruflich auf festen Füßen, hatte eine eigene Wohnung und auch ein Recht, ihr Leben als Erwachsene selbst zu gestalten, zumal andere in ihrem Alter oft schon eine eigene kleine Familie hatten. Nur weil man noch nicht verheiratet war, musste man nicht ewig Kind sein und sich ausschließlich den elterlichen Wünschen fügen. Plötzlich fand sie Christian außerordentlich spießig und altbacken und fragte sich, ob er wirklich der Richtige für ihr weiteres Leben sei. Sie sah ihn schon an Heiligabend mit einem Rollkragenpullover und einer Buntfaltenhose unter dem Weihnachtsbaum mit einer elektrischen Eisenbahn spielen, bis Mama zum Essen bat.

Es kostete sie einige Anrufe und was sich zuerst als eine recht nebulöse Vorstellung in ihrem Hinterkopf entwickelt hatte, wurde innerhalb von vierundzwanzig Stunden ein fester Plan.

Sie hatte so viele Überstunden, dass daraus eine extra Urlaubswoche entstand. Mit den Feiertagen und den Tagen zwischen den Jahren kam sie auf knapp drei Wochen Urlaub.

Ihre Eltern reagierten erwartungsgemäß mit einer Enttäuschung, die ihresgleichen suchte. Aber nach stundenlangen Diskussionen bemühten sie sich wenigstens um Verständnis und gaben ihrer Tochter den vorweihnachtlichen Reisesegen.

Nur einer wusste nichts von Valentinas Plänen und ihrem Verschwinden, ihr Freund Christian. Sie teilte zwar sehr häufig das Bett mit ihm, aber noch nicht die Wohnung. Er würde schon dahinter kommen, dass sie nicht da ist. Damit umzugehen war erst mal nicht ihr Problem.

Christian verstand die Welt nicht mehr. Valentina schien wie vom Erdboden verschluckt. Zu Hause meldete sich mit konsequenter Hartnäckigkeit der Anrufbeantworter, auf dem Handy die Mailbox und in der Kindertagesstätte erreichte er am Sonntag natürlich niemanden. Er hatte sich das so schön vorgestellt, am vierten Advent mit ihr noch einmal über den Weihnachtsmarkt zu bummeln und sie anschließend zum Essen einzuladen. Und nun stand er vor ihrer Haustür und sah ihren Wagen auf dem Parkplatz stehen. Von Valentina jedoch keine Spur. Bevor er sich vor der Tür länger die Beine in den Bauch stand, beschloss er, in der Wohnung auf sie zu warten. Weit weg konnte sie ja nicht sein. Was für ein folgenschwerer Irrtum!

Er zog die Hausschlüssel aus der Hosentasche, schloss die Eingangstür auf und war gerade im Begriff, die Wohnungstür im zweiten Stockwerk aufzuschließen, als sich nebenan die Nachbartür öffnete und Sabine, Valentinas Nachbarin und bedeutend ältere Freundin, mit einem Müllbeutel aus der Wohnung trat.

„Hallo Sabine, ich suche Valentina. Ist sie bei dir?" Vom vertrauten Klang seiner Stimme angelockt, kam Valentinas schwarzer Kater aus Sabines Wohnung geschossen und schmiegte sich an sein rechtes Bein.

„Guten Tag, Christian. Nein, Valentina ist nicht bei mir. Magst du reinkommen? Ich habe gerade frischen Kaffee gekocht". Christian sog den Duft nach frisch gebackenen Plätzchen und frischem Kaffee gierig in sich rein. „Aber gern. Ich wollte sowieso auf Valentina warten und aus deiner Wohnung duftet es so weihnachtlich." Er machte es sich auf dem alten Holzstuhl in der Küche bequem. Moritz, der Kater, rollte sich in seinen Schoß und begann sofort zu schlafen. Christian legte seine kalten Hände um den Kaffeepott mit dem dampfenden heißen Kaffee und schaute Sabine erwartungsvoll an. „Greif zu", bemerkte sie freundlich und schob ihm eine Glasschale mit frischgebackenen Kokosplätzchen hin. Das ließ sich Christian nicht zwei Mal sagen.

Wieder richtete er seinen Blick erwartungsvoll auf Sabine, in der Hoffnung, sie würde des Rätsels Geheimnis sogleich lüften. Sabine blickte Christian nachdenklich an. „Auf Valentina brauchst du nicht zu warten. Sie ist weggefahren und kommt erst in knapp drei Wochen wieder. Deshalb ist Moritz auch bei mir." Christian blickte voller Erstaunen zu Moritz, als sähe er ihn jetzt erst bewusst, dann zu Sabine. „Weggefahren? Wohin?" „Sie macht Urlaub auf Teneriffa", antwortete Sabine in gleichmütigem Ton, als sei es das Selbstverständlichste von der Welt. „Das glaube ich jetzt nicht! Weiter weg ging es wohl nicht!!", entfuhr es Christian nach einer Weile, in der Sabines Worte gesackt waren. „Es ist doch Weihnachten!" „Weihnachten ist überall, auch auf Teneriffa. Ich kann Valentina gut verstehen. Bis vor drei Jahren habe ich es jedes Jahr so gemacht und bin Weihnachten auf Bali gewesen. Seit meine Mutter so krank geworden ist, bleibe ich hier, ich möchte sie an Weihnachten ungern alleine lassen."

Christian schwieg. Es schien, als würde das Gehörte sich nur stückweise seinem Bewusstsein erschließen. „Warum hat sie mir denn nichts gesagt?" Sein Ton war schärfer und lauter als beabsichtigt. „Du hättest es nicht verstanden. Du bist durch und durch ein Familienmensch, der Weihnachten seine Familie um sich haben möchte und wenn noch ein Stück Zeit davon übrig bleibt, dann hat die Partnerin ihren Platz darin. Diese Erkenntnis hat Valentina sehr zu schaffen gemacht. Deshalb hat sie diese Entscheidung getroffen und möchte auch nicht, dass du sie im Urlaub anrufst. Wenn du meine persönliche Meinung dazu hören willst: ihr seid seit einem Jahr ein Paar. In eurem Alter haben andere schon eine eigene kleine Familie. Weihnachten mit den Eltern und Geschwistern zu verbringen, da hat niemand etwas gegen. Im Gegenteil, aber als Erwachsene sollten die Partner die erste Geige spielen und in den meisten Fällen werden auch die Familien einbezogen. Als ich in eurem Alter war, haben Manfred und ich meine und seine Familie zu Heiligabend immer dabei gehabt. Daran denke ich heute gern zurück. Meine Reisen nach Bali kamen erst später, lange nach Manfreds Tod. Meine Eltern waren noch rüstig und ich fühlte mich ohne Manfred an Weihnachten hier fehl am Platz."

Christian war still geworden. Seine Schultern fielen nach vorne und er sah bekümmert aus. „Da kann ich also gar nichts weiter machen, als abzuwarten, bis Valentina im neuen Jahr irgendwann erholt von Teneriffa zurückkehrt?" „Ich fürchte nein", antwortete Sabine. „Vielleicht ist das die Gelegenheit, dass jeder von euch beiden über den Stellenwert eurer Beziehung in eurem persönlichen Leben nachdenkt."

Valentina hatte ihren Koffer vor sich abgestellt, die Reisetasche darauf und blickte sich suchend um. Der Omnibusbahnhof von Puerto de la Cruz war voller geparkter Busse, so dass sie Schwierigkeiten hatte, den Eingang von der Straße zu erkennen. Die Intensität der Nachmittagssonne hatte einen leichten Schweißfilm auf ihrer blassen Haut zurückgelassen und sie sehnte sich nach dem langen Flug und der Busreise vom Süden in den Norden nach einer lauwarmen Dusche und leichterer Kleidung.

Ein Auto kam auf sie zu und hielt mit quietschenden Reifen vor ihr. Eine junge Frau mit blonden langen Haaren, roten Caprihosen und einer weißen ärmellosen Bluse riss die Fahrertür auf und stürzte lachend auf Valentina zu.

„Ich glaube es nicht, du hast es tatsächlich geschafft! Willkommen auf Teneriffa!" Valentina und Nora lagen sich lange in den Armen. Es war fast fünf Jahre her, dass sie sich das letzte Mal gesehen hatten. „Ich habe auch das Gefühl, völlig über mich hinaus gewachsen zu sein. Aber jetzt bin ich so froh, endlich hier zu sein." „Komm, lass uns fahren."

Valentina und Nora waren seit ihrer Schulzeit unzertrennlich. Nach dem Abitur hatten sie sich Geld verdient, um für zwei Monate gemeinsam die Kanarischen Inseln zu bereisen. Während Valentina eine Ausbildung zur Erzieherin machte, wurde Nora Fotografin und war viel in der Welt unterwegs. Als Autorin von bebilderten Reiseführern verdiente sie gutes Geld.

Eines Tages überraschte sie Valentina mit der Nachricht, dass sie sich verliebt habe und nach Teneriffa auswandern würde. Was Nora plante, hatte Hand und Fuß und wenige Monate später eröffnete sie mit ihrem einheimischen Freund Jose ein kleines Hotel mitten in der Altstadt von Puerto de la Cruz. Tradition war beiden wichtig. Somit stach das Hotel in seiner typisch kanarischen Bauweise von allen anderen Häusern deutlich ab und war ein guter Tipp für alle, die die kanarische Küche liebten.

Valentina stand der Mund offen, als sie vor dem schmucken Hotel ankamen. „Ist das schön!", entfuhr es ihr.

Nora hatte ein hübsches und von Licht durchflutetes Zimmer für ihre Freundin ausgesucht. „Ich erwarte noch einige Gäste, aber in etwa einer Stunde bin ich nur für dich da. Jose freut sich auch schon auf dich."

Valentina goss sich ein Glas Sekt aus der Minibar ihres Zimmers ein, setzte sich auf den Balkon und betrachtete die tief verschneite Spitze des Pico del Teide. Diese wunderbare Insel bot alles zu dieser Jahreszeit: Schnee in den Bergen, einen reizvollen Atlantik, eine Vegetation, die so grün und üppig ihresgleichen suchte und freundliche und nette Menschen, die diese Insel bewohnten.

Valentine und Nora hatten sich so viel zu erzählen, dass die Sonne bereits aufging, als sie müde und erschöpft immer noch am Hafen saßen und den orangefarbenen Ball aus dem Meer aufsteigen sahen. Jose hatte einen guten Teil der Nacht mit ihnen zusammen verbracht und interessiert den beiden Frauen zugehört. Er erfuhr viel über seine Nora, was er vorher gar nicht gewusst hatte und amüsierte sich. „Ihr seid mir schon ein Gespann", lachte er und verabschiedete sich gegen drei Uhr in der Früh. Irgendjemand musste ja dafür sorgen, dass die Hotelgäste pünktlich ihr Frühstück bekamen.

„Jose ist ein so toller Mann! Ihr passt so gut zusammen", meinte Valentina, als sie langsam zum Hotel zurückschlenderten. „Höre ich da ein wenig Neid heraus? Ist das denn bei Christian und dir anders?" Nora blickte ihre Freundin gespannt an.

„Christian ist so anders als ich, ein absoluter Kopfmensch, immer pedantisch, überkorrekt und selten spontan. Ich weiß nicht, ob das auf die Dauer gut ist. Und das Schlimme ist, langsam habe ich das Gefühl, ich passe mich ihm immer mehr an. Manchmal denke ich, das bin ich gar nicht mehr." Nora schwieg. Sie kannte ihre Freundin lange genug und hatte das sofort bemerkt.

Ihre einstige Fröhlichkeit, ihre Impulsivität und ihre Flexibilität waren einer eigenartigen Gesetztheit gewichen, die Nora Sorgen machte. ‚Nun bist du erst einmal hier! Es wäre doch gelacht, wenn wir das nicht wieder in den Griff bekämen', dachte sie mit einem kecken Seitenblick auf Valentina.

Valentina verbrachte die ersten Tage damit, sich auszuruhen. Stundenlang lag sie am Pool, döste vor sich hin, las oder machte ausgiebige Strandspaziergänge. Sie merkte erst jetzt, wie ausgepowert sie war. Hierher zu kommen war die beste Entscheidung, die sie je getroffen hatte.

Weihnachten kam. Valentina rief ihre Eltern an, die zwar bedauerten, dass ihre Tochter wenige tausend Kilometer von ihnen entfernt war, die jedoch Weihnachten ganz nach ihrem Wünschen und Wollen feierten. Christian bekam eine SMS von ihr, mit den besten Weihnachtswünschen für sich und seine Eltern. Zu mehr hatte Valentina keine Lust. Der Abstand tat ihr gut und die neuen Eindrücke nahmen ihre ganze Aufmerksamkeit in Anspruch.

Wenige Stunden nach Valentina stieg Thomas in dem kleinen gemütlichen Hotel ab. Er war kaum älter als Valentina und Nora und war ein wahrer Sunnyboy. Nicht nur, dass er umwerfend gut aussah, er hatte eine Art, die besonders das weibliche Geschlecht sofort in seinen Bann zog. Jose beobachtete dieses Szenario höchst unwillig.

Für den Bruchteil einer Sekunde trafen sich seine und Valentinas Augen und seitdem war Valentina wie elektrisiert. Nora war eine Kennerin der Insel. Drei Mal in der Woche bot sie in ihrem geräumigen Ranch Rover Ausflüge zu den schönsten Orten der Insel an, den gängigen, die auch die Touristen besuchten, aber auch zu ganz entlegenen Gebieten, in die sich kaum ein Tourist verirrte. Dort gehörte das Leben noch den Inselbewohnern.

Thomas hatte im Sommer sein   Referendariat als Sport- und Erdkundelehrer beendet und war im ersten Jahr als festangestellter Junglehrer bestrebt, seine Unterrichtsmaterialien vor Ort zu sammeln. Ausgerüstet mit einem Rucksack und einer exquisiten Fotoausrüstung versuchte er, keines von Noras Angeboten zu verpassen. Somit waren die drei sehr viel zusammen unterwegs und hatten sich mittlerweile angefreundet. Thomas war mit seiner Kamera unterwegs, die beiden anderen Mitreisenden machten einen Strandspaziergang und Nora und Valentina saßen in Reichweite einer kleinen Strandbaude und tranken frisch gepressten Orangensaft.

„Ich glaube, Thomas hat ein Auge auf dich geworden. Und wie ist das mit dir?" Nora war die Frage in den Sinn gekommen und gleich herausgerutscht. Valentina schaute sie mit großen Augen an.

„Spinnst du? Der ist zu mir nicht anders als zu dir. Und außerdem ist das kein Mann, den man auf Dauer alleine hat. Und – falls du es vergessen hast, ich habe Christian." „Den steifen, spießigen Christian, der Weihnachten bei Mama und Papa unterm Weihnachtsbaum saß und keinen Gedanken an dich verschwendet hat." Dabei legte sich Nora die Hand über die Augen und spähte demonstrativ nach allen Seiten aufs Meer hinaus und suchte auch den Strand ab. „Jedenfalls sehe ich ihn hier nicht!"

Valentina musste laut lachen. „Keiner sagt, dass er hier vom Himmel gefallen ist und außerdem weißt du gar nichts über ihn." „Ich weiß genug um beurteilen zu können, dass er dich verändert hat. Ich denke, er tut dir nicht gut. Es sei denn, du willst künftig dein Leben als Hausfrau und Mütterchen verbringen, dem Herrn Gemahl die Socken stopfen, die Hemden bügeln und die Puschen schlüpfbereit hinstellen." „Aber...", Valentina hob an, aber hinter ihnen ertönte die tiefe Stimme von Thomas.

„Ladies, darf ich euch noch zu einem Eis einladen, bevor wir gen Heimat fahren?" Valentina und Nora widersprachen nicht und als Thomas mit drei großen Eisbechern an den Tisch kam, warf er Valentina einen tiefen Blick zu, für Noras Empfinden eine Spur zu lang und zu intensiv. Ihr Herz machte vor innerer Freude einen kleinen Hüpfer.

Valentinas letzter Urlaubstag war angebrochen. Das Wetter passte zu ihrer Stimmung. Der Himmel versank in tiefem Grau und ab und zu nieselte es. Sie hatte sich vorgenommen, einen letzten Besuch im Botanischen Garten zu machen. Die üppige und einzigartige Vegetation faszinierte sie immer wieder. Und – sie wollte nachdenken und dazu musste sie alleine sein.

Sie stand gerade unter einem riesigen Baum, umgeben von dicken Luftwurzeln, als ein Regenschauer auf sie niederprasselte.

Wenigstens war sie hier geschützt und konnte ihre Gedanken kreisen lassen.

Irgendwann in den letzten Tagen hatte sie verwundert festge-
stellt, dass sie ihren Freund Christian gar nicht besonders ver-
misste und den Urlaub ohne ihn bestens genossen hatte. Das
gab ihr sehr zu denken und sie gestand sich ein, dass ihre Gefühle für ihn nicht mehr loderten, sondern bestenfalls glimmten.
Ob Nora wirklich recht hatte? Tat er ihr nicht gut?

Thomas hatte sie vom ersten Tag an wie magisch angezogen. Sie
hatten ein freundschaftliches Verhältnis zueinander, als würden
sie sich schon jahrelang kennen. Aber mehr war nicht und Valentina machte sich auch keine Illusionen, dass sich am letzten
Tag noch mehr ergeben würde. Ein kleiner Hoffnungsschimmer
loderte jedoch in ihr. Thomas wohnte in derselben Stadt und sie
tröstete sich damit, dass sich vieles erst langsam entwickelte.
Während der Schauer wieder in einen feineren Regen überging,
setzte Valentina an, weiterzugehen. Doch plötzlich hörte sie
eine Stimme, aufgeregt und verärgert. Sie konnte erst gar nichts
damit anfangen und ging zögerlich ein paar Schritte weiter. Abrupt blieb sie stehen und hielt den Atem an. Ihr Herz klopfte wie
verrückt. Sie hatte diese aufgeregte Stimme als die von Thomas
erkannt und entdeckt, dass er auf der anderen Seite des Baumes Zuflucht gesucht hatte und telefonierte. Gott, war ihr das
peinlich! Er durfte sie nicht sehen. Nachher dachte er noch, sie
spioniere ihm nach. Und wenn es umgekehrt wäre? Hatte er sie
verfolgt?

Sie hatte ihn heute Morgen noch nicht gesehen. Dabei hatte sie
gehofft, ein letztes Mal mit ihm an einem gemeinsamen Tisch
frühstücken zu können.

Sie hielt Ausschau nach einem geeigneten Fluchtweg, ohne dass Thomas sie bemerkte. Als erstes setzte sie die Kapuze ihres Sweatshirts auf und zog sie so weit wie möglich in Richtung Augen. Dann spannte sie ihren Schirm wieder auf.

Doch Valentina war neugierig geworden. Die verärgerte Stimme passte so gar nicht zu dem so scheinbar ausgeglichenen Thomas. Sie schlich wieder an den Rand des Baumes, um seine Stimme deutlicher zu hören. Das, was sie an Gesprächsfetzen aufschnappte, beunruhigte sie zutiefst. Es hörte sich nach einer Auseinandersetzung mit einem Partner an. Dass so ein Mann wie Thomas Single war, hatte sie zwar gehofft, aber nie ernsthaft angenommen. Demzufolge hätte er Streit mit seiner Partnerin haben müssen. Schlimm genug! Noch schlimmer aber fand sie jedoch, dass der Mensch am anderen Ende der Leitung ganz offensichtlich ein Mann war, denn Marty war ganz eindeutig ein Männername. Die Erkenntnis traf sie wie ein Hammerschlag: Thomas war schwul!

Valentina machte sich auf den Weg in ihr Hotel, um ihren Koffer und ihre Reisetasche zu packen, denn am nächsten Morgen musste sie gegen fünf Uhr los, um gegen acht Uhr ihren Flieger nach Berlin zu bekommen. Thomas flog erst am späten Nachmittag. Er hatte den gleichen Weg, aber was hatte sie das noch zu interessieren?

Nora und   Jose hatten sie beide zu einem abendlichen Abschiedsessen eingeladen. Valentina überlegte abzusagen, aber das wollte sie ihren Freunden nicht antun. Auch diesen Abend würde sie überstehen.

‚Dumme Pute', schalt sie sich innerlich, ‚was hegst du auch völlig irrationale Hoffnungen!' Hätte Thomas sich ernsthaft für sie interessiert, hatte er genügend Gelegenheiten gehabt, ihr das zu zeigen. Der Gedanke an Christian verursachte ihr die nächsten Bauchschmerzen. Innerlich war sie so weit von ihm entfernt, dass sie so schnell wie möglich ein klärendes Gespräch führen musste, um das Thema aus ihrem Leben zu streichen.

Mit einem Berg ungeklärter Gefühle war sie nach Teneriffa geflogen und mit ähnlichen Gefühlen im Gepäck reiste sie wieder nach Hause. Aber ihr Blick in den Spiegel gefiel ihr. Ihre Haut war zart gebräunt, die dunklen Augenringe waren verschwunden und sie sah frisch und erholt und somit um einige Jahre jünger aus. Sie fand sich plötzlich wieder attraktiv, ein Gefühl, von dem sie glaubte, es sei ihr völlig abhanden gekommen. Das konnte ihr niemand nehmen und das war das einzige Gepäckstück, das sie gern mit nach Hause nahm.

Am späten Nachmittag riss der Himmel auf und die Sonne tauchte das Meer in ein zartes Licht. Valentina hatte noch Zeit für einen letzten Spaziergang am Strand, bevor sie mit den anderen auf der hoteleigenen Dachterrasse verabredet war. Sie hatte ihn nicht kommen hören. Als sie seine fröhliche Stimme hinter sich hörte, zuckte sie zusammen. „Bist du etwa auch auf deiner Abschiedsrunde"?, fragte Thomas und sah sie fragend an. Valentina nickte nur. Ein Kloß steckte ihr im Hals und sie hatte das Gefühl, an ihm zu ersticken. „Dafür hast du ja morgen noch Zeit", antwortete sie etwas spröde. „Nein, ich habe meinen Flug umgebucht. Wir fliegen morgen zusammen nach Hause."

Valentina blickte ihn von der Seite an, sagte aber nichts. „...zusammen nach Hause..." – wie gut sich das anhörte. Ein wärmendes Gefühl durchzog sie. „Ich muss schnellstens nach Hause. Meine Exfreundin Martina steckt in einer schwierigen familiären Situation und braucht dringend meine Hilfe." Er sah sie an, als erwarte er eine Zustimmung ihrerseits oder eine Frage, was denn los sei, doch Valentina war dazu nicht fähig. Ihre Gedanken jagten sich gegenseitig. Marty ... Martina... Exfreundin... Was hatte das alles zu bedeuten? Egal, das Blatt schien sich wieder völlig gewendet zu haben und alles war offen.

Jose hatte ein opulentes Mahl mit kanarischen Spezialitäten gezaubert, das Valentina den Abschied von der Insel nicht leicht machte. Sie beneidete Nora um ihre neue Heimat, in der die Sonne ein ständiger Gast und der Winter ein Fremdwort waren. Sie bewunderte wieder einmal Noras Mut, alle Brücken hinter sich abgebrochen und irgendwo in der Fremde neu begonnen zu haben, dazu mit einem Mann an der Seite, der besser gar nicht zu ihr passen konnte.

Der Abend verlief nicht wie ein Abschiedsabend, sondern harmonisch und ausgelassen, weil der Vino Tinto sein Übriges dazu beisteuerte. Thomas und Jose hatten sich in Männerthemen wie Autos und Sport vertieft und Nora und Valentina hatten noch genug Gelegenheit, auf der Terrasse alleine miteinander zu sprechen und ihre geheimsten Gedanken unbelauscht zu teilen. „Wird es wieder so lange dauern, bis wir uns sehen?" Sie schaute Valentina fragend an. „Ich weiß es nicht, aber zum Jahresende komme ich sicher wieder – versprochen. Es war so angenehm, das Jahresende ohne den deutschen kalten Winter und den Weihnachtsrummel zu verbringen, das glaubst du gar nicht." „Und wenn ich dich früher bäte zu kommen? Ich brauche eine Patentante für meine Zwillinge, die im August kommen und getauft werden wollen. Und damit die Kinder nicht unehelich bleiben, werden Jose und ich auch heiraten. Es soll ein großes Fest werden."

Valentina blickte erst in Noras Gesicht, dann auf ihren minimalen Bauchansatz, der ihr bisher gar nicht aufgefallen war. „Hättest du diese Neuigkeiten nicht etwas besser dosieren können, sozusagen als Alete-Häppchen???" Valentina brauchte einen Moment, um das eben Gehörte zu verarbeiten. Dann fiel sie Nora um den Hals. „Du Glückspilz! Ich freue mich so für euch!" „Du bist die Erste, die das erfährt, behalte es besser noch für dich", flüsterte Nora. „Im Februar kommen meine Eltern für vier Wochen und selbst die werden es erst dann erfahren. Aber du musst ja rechtzeitig deinen Urlaub planen und einreichen und auf meine beste Freundin kann ich zu so einem Ereignis nicht verzichten. Das verstehst du doch, oder?"

Es war schon gegen Morgen, als Valentina in ihr Zimmer ging. Es hatte keinen Sinn mehr zu schlafen. Sie duschte, packte ihre restlichen Habseligkeiten ein und lauschte auf ihrem Balkon den unergründlichen Geräuschen der Wellen zu. Es war, als sängen sie ihr ein Abschiedslied. Thomas und sie nahmen ein kleines Frühstück ein, das Nora noch in der Nacht für sie vorbreitet hatte. Danach machten sie sich auf den Weg zum Busbahnhof.

Ihr Flug startete pünktlich. Auch Thomas hatte in der letzten Nacht kaum geschlafen und als die Maschine gegen Mittag auf dem kalten und schneebedeckten Berliner Flughafen Schönefeld landete, wurde sie sanft von Thomas geweckt. Ihr Kopf lag an seine Schulter gelehnt. „Sind wir etwa schon da?" Valentina riss ungläubig die Augen auf. „Ich habe vom Flug gar nichts mitbekommen." „Wie auch, du hast geschlafen wie ein Engel."

Den Rest des Weges zum Kofferband und zum Ausgang legten sie fast schweigend zurück. Nur die Luft knisterte voller ungesagter Sätze und ungestellter Fragen. Thomas wollte den Bus in die Innenstadt nehmen, Valentina hatte sich für eine Taxe entschieden. Sie wollte nur nach Hause in ihr warmes Bett und sich die Decke über die Ohren ziehen, um richtig anzukommen. Sie hatte viel zu verarbeiten. „Also dann ", sagte Thomas, „wir telefonieren, abgemacht?" „Ja, wir telefonieren."

Eine freundschaftliche Umarmung, ein Küsschen auf die Wange und beide gingen in entgegengesetzte Richtungen davon. Valentina steuerte in Gedanken verloren auf den nächsten Taxistand zu. Ein freundlich blickender Wuschelkopf stieg aus und packte die beiden Gepäckstücke mit Schwung in den Kofferraum.

„Man sieht sich im Leben immer zwei Mal", hörte sie eine Stimme aus dem Fahrerraum, die ihr bekannt vorkam. „Aber heute gefallen Sie mir besser, Sie sehen erholt und guter Dinge aus."

Valentina musste lächeln. Sie war wieder daheim.

Lehrer im Weihnachtsfieber

Wie in jedem Jahr steht Weihnachten plötzlich und unerwartet vor der Tür. Die guten Vorsätze, dass im nächsten Jahr alles stressfreier und in Ruhe rechtzeitig geplant wird, haben sich am Neujahrstag fast schon wie der Frühnebel aufgelöst.

Ist der Korrekturmarathon der unterrichtsfreien Zeit der Herbstferien gerade mal geschafft, geht es mit diversen voradventlichen Aktivitäten los.

Gärten und Gräber müssen winterfest gemacht werden, die Sommersachen werden umgeschichtet, damit die Winterkleidung griffbereit ist, sollte trotz Klimawandel doch noch mal ein richtiger Winter kommen. Fenster mit spätsommerlichem Fliegendreck, kann/muss/sollte man je nach Zeitplan ignorieren oder sich den Luxus eines Fensterputzers leisten, wenn die eigene Zeit nicht reicht. Wem fällt schon in der dunklen Jahreszeit auf, dass die Fenster nicht geputzt sind? Schließlich geht man im Dunkeln aus dem Haus und kommt oft erst im Dunkeln zurück.

Der 11.11. ist ein fester Termin für die traditionelle Martinsgans, mit Knödeln, Grün- und Rotkohl, oder um den Beginn der Faschingszeit gebührend einzuläuten.

Spätestens, wenn die ersten Buden für die Weihnachtsmärkte aufgestellt werden und die ersten Lichterketten in den Fenstern leuchten, denkt auch der vollbeschäftigte Lehrer daran, was ihn in den kommenden Wochen erwartet. Natürlich sind auch Nicht-Lehrer in dieser Zeit arg im Stress und so mancher lästert schon jetzt, dass für die Lehrer nach den Weihnachtsferien ja bald die Faschings- oder Winterferien kommen und bis zu den Osterferien die Zeit absehbar ist. Durch die vielen Ferien müssten Lehrer in der Vorweihnachtszeit den geringsten Stress haben.

Konferenzen, Projekttage und Elternsprechtage richten sich aber nicht nach Feiertagen oder den Belangen, die ein Lehrer auch als Privatmensch hat.

Erfahrungsgemäß rollt in der Zeit zwischen den Herbst- und Weihnachtsferien die alljährliche Grippewelle durch das Land und wen es bis dahin noch nicht erwischt hat, der schleppt sich wacker zum Dienst. Der Blick auf den morgendlichen Vertretungsplan rafft auch den Rest guter Laune und Motivation schlagartig dahin und nur mit einem ‚Morgen ist ein neuer Tag' schafft man es geradeso, auch durch diesen Tag zu kommen.

Das Jahresende nähert sich mit Riesenschritten und somit auch die Halbjahreszeugnisse. Bis zu den Weihnachtsferien müssen alle Klausuren, Klassenarbeiten, Tests und sonstige Noten versprechende Aktivitäten geschafft sein, damit der Lehrer in der unterrichtsfreien Zeit rund um die Feiertage korrigieren kann. Der Jahresbeginn mit Zeugniskonferenzen und dem Schreiben der Zeugnisse kann noch gut ausgeblendet werden, denn das ist ja erst im nächsten Jahr.

Die Qual der Lehrer in unserem Land richtet sich nach der familiären Situation. So klagt eine allein erziehende Mutter und überaus engagierte Kollegin, stellvertretend für viele ihr Leid im

Lehrerzimmer, zwischen Aufsicht, einer Tasse kaltem Kaffee und dem dringenden Bedürfnis, noch ein Türchen weiter zu müssen: „Die Nicht-Lehrer-Umwelt versteht oft nicht, dass ich fast durchs Telefon springe, wenn man mich ganz nett fragt, ob ich nicht Lust hätte, mal gemütlich über einen Weihnachtsmarkt zu bummeln. Wie denn auch, wenn ich nach einer Woche mit 30 Unterrichtsstunden (die eigenen und Vertretung...) mit Voll- und Halbpubertierenden, einem Freitag mit 13 Stunden in der Schule (Elternsprechtag nach dem Unterricht) und einem Samstagvormittag mit Fahrdiensten (Tag der offenen Tür, denn wir müssen um den Erhalt unserer Schule kämpfen) meinen leeren Kühlschrank, den klebrigen Küchenboden, die Wäscheberge, Staubflusen, wohin das Auge blickt und die Stapel von noch unkorrigierten Klassenarbeiten betrachte.

Als nächstes ruft bestimmt eine Oma oder Tante an, fragt, ob wir denn schon Plätzchen gebacken hätten, was die Kinder sich denn zu Weihnachten wünschen und ob ich das dann bitte auch besorgen könnte, so mal eben mittags (!), wenn ich aus der Schule komme, was wir denn Weihnachten machen und überhaupt hätten wir doch bald wieder Ferien und da könnten wir doch gut mal ein paar Tage kommen..." Nur, wer das aus eigener Erfahrung kennt, weiß wovon die Kollegin spricht.

Selbst die Kolleginnen und Kollegen, deren Kinder schon erwachsen und aus dem Haus sind, erinnern sich noch gut an diese Zeiten und rollen verständnisvoll mit den Augen.. Es wird erst besser, wenn das erste Kind den Führerschein hat, wenn man einen Anrufbeantworter ans Telefon hängt und in wichtigen Fällen ja zurückrufen könnte, oder das Telefon einfach mal ausstöpselt, wenn man Weihnachtsgeschenke plant, aufschreibt und alle auf einen Satz kauft oder wenn man einfach mal NEIN sagt. Unter vielen Erwachsenen hat sich das „Wirschenken-uns-nichts-mehr" als nicht mehr Nerven aufreibende und Zeit sparende Neuerung bewährt.

Sind es nicht die Kinder, für die man viele Mühen und Strapazen im vorweihnachtlichen Wahnsinn auf sich nimmt, können es auch die kranken und betagten Eltern und Großeltern sein, die zusätzliche Zuwendung und Pflege brauchen und nach denen sich die Gestaltung der Feiertage auch richtet. Also braucht der viel beschäftigte Lehrer ein Patentrezept, damit die besinnliche Vorweihnachtszeit nicht in einem Nervenzusammenbruch endet. Scheinbar hat das aber bisher niemand erfunden.

Weihnachten wird im nächsten Jahr wiederkommen, plötzlich und unerwartet? Vielleicht gelingt es uns bis dahin, ein Patentrezept zu erstellen, damit wir uns auf eine besinnliche Vorweihnachtszeit einstellen können.

Also, Kolleginnen und Kollegen, bringen wir es hinter uns, ‚the same procedure as every year', die Feiertage mit der Familie und dem alljährlichen Brimborium, drum herum der weihnachtliche Korrekturmarathon und im nächsten Jahr sieht alles ganz anders aus.

Ein unerwarteter Nikolaus

Verschlafen blinzelte sie durch die halb geöffneten Augen und suchte die Leuchtziffern ihres Uhrenradios. Es war erst zwei Uhr dreiundzwanzig. Innerlich atmete sie auf. Sie konnte noch vier Stunden schlafen. Plötzlich durchzuckte etwas ihren schlaftrunkenen Körper. Sie riss die Augen auf und hielt unwillkürlich den Atem an. Mit einem Schlag war sie hellwach. Hinter sich vernahm sie tiefe, regelmäßige Atemzüge. Sie wagte nicht, sich zu bewegen. Verzweifelt überlegte sie, ob sich in der unmittelbaren Umgebung ihres Bettes ein Baseballschläger, Hammer oder ein Nudelholz befanden. Natürlich bewahrte sie Utensilien dieser Art woanders auf, nämlich dort, wo sie hingehörten.

Sie ballte ihre linke Hand zur Faust, rückte leise und lautlos an die Kante ihres Bettes und knipste entschlossen die Nachttischlampe an. Mit einem Ruck drehte sie sich um, ballte beide Hände entschlossen zur Faust, bereit, ihr Leben bis aufs Letzte zu verteidigen.

Im schwachen Schein der Nachttischlampe blickte sie in ein schlafendes Männergesicht. Dunkle verwuschelte Haare schauten keck unter der Bettdecke hervor. Ein jungenhaftes Gesicht mit einem braunen Vollbart schlief den Schlaf der Gerechten. Sie knipste die Nachttischlampe wieder aus, bevor der ungebetene Gast in ihrem Bett etwas merkte und kletterte leise aus dem Bett. Sie schlich aus dem Schlafzimmer, zog die Tür leise zu und schloss sie ab. Sie atmete aus und merkte, wie ihr der Schweiß am ganzen Körper herunter rann. Leise schlich sie in die

Küche, nahm eine Flasche Mineralwasser aus dem Kühlschrank, zündete sich eine Zigarette an und versuchte, ihre wirren Gedanken zu ordnen. Wie kam ein fremder Mann in ihre Single-Wohnung und sogar in ihr Bett?

„ Ich muss die Polizei rufen", war der erste klare Gedanke, den sie fassen konnte. Schon hatte sie das Telefon in der Hand, legte es aber sogleich wieder auf den Tisch zurück.

Ein Einbrecher hätte sie bestohlen, gefesselt oder sie gar umgebracht, aber sich nicht zu ihr ins Bett gelegt. Die Polizei würde ihr kaum glauben, dass ein Einbrecher in ihrem Bett lag und in tiefstem Schlaf versunken war. Sie beschloss, die Situation alleine zu klären. In einer Küchenschublade lag eine Dose Pfefferspray, in einer anderen ein schweres Nudelholz. Mit dem Nötigsten bewaffnet, untersuchte sie die Eingangstür im Flur, die ordnungsgemäß verschlossen war. Die Fenster in der Wohnung waren alle verschlossen. Sie begriff nicht, wie der Kerl in ihre Wohnung gekommen war!?

Sie schloss die Schlafzimmertür leise auf, postierte sich in gebührendem Abstand vor dem Bett und schrie: „Raus hier, sonst rufe ich die Polizei!"

Der fremde Mann saß plötzlich aufrecht im Bett. Während ihre Augen sich mittlerweile an die Dunkelheit gewöhnt hatten, schien er deutliche Orientierungsschwierigkeiten zu haben. „Nein, bitte nicht, ich kann Ihnen alles erklären!" Seine Stimme klang flehentlich, fast verzweifelt. Das war kein Einbrecher. Wieder Herr der Lage knipste sie die Schlafzimmerlampe an und schaute ihm fest ins Gesicht. „Wer sind Sie und wer hat Ihnen erlaubt, sich ungefragt in mein Bett zu legen?"

Der Fremde saß aufrecht im Bett, zog sich das Deckbett verschämt bis zum Kinn über seinen scheinbar nackten Körper und bat sie um einen Morgenmantel, da er nichts anhabe. „Sie rühren sich keinen Zentimeter aus dem Bett, solange ich nicht weiß, wer Sie sind und wie Sie hereingekommen sind." „Ich bin der Nikolaus", antwortete er zaghaft. „Sie sind ...wer?"

„Ich bin für eine Agentur unterwegs und fülle Nikolausstiefel vor Wohnungstüren. Als ich in ihre Straße einbog, fing es plötzlich fürchterlich an zu regnen und ich war kurzum nass bis auf die Haut." „Als nächstes werden Sie mir weismachen, im Himmel sei Jahrmarkt. Ich rufe besser die Polizei, denen können Sie ihre Märchen erzählen."

„Bitte, warten Sie. In Ihrem Badezimmer hängen meine Kleider über der Heizung. Ihr Badezimmerfenster war einen Spalt weit offen und von dort bin ich auch rein gekommen. Eine Kleinigkeit, es zu öffnen und hinein zu klettern. Die Lichter in Ihrem Fenster waren so einladend, der Tannenduft und der Geruch nach gebackenen Keksen in ihrer Wohnung so verlockend. Ich fror und fühlte plötzlich eine bleierne Müdigkeit und so bin ich zu Ihnen ins Bett gekrochen. Ich wollte mich nur ein wenig aufwärmen und ein wenig ausruhen und ganz leise wieder verschwinden. Sie hätten nichts gemerkt."

So eine Geschichte hatte ihr noch niemand erzählt. Der Mann in ihrem Bett war um die dreißig, hatte leuchtend blaue Augen und einen dichten dunklen Wuschelkopf.

„Rühren Sie sich keinen Zentimeter von der Stelle."

Sie schloss ihn erneut im Schlafzimmer ein, ging ins Bad – und tatsächlich hing ein rotes Nikolauskostüm fein säuberlich über der Heizung. Der volle weiße Bart, vom Regen durchtränkt, lag über dem Badewannenrand und seine feuchten Schuhe standen ordentlich nebeneinander gestellt neben der Badewanne.

Der Regen prasselte gegen ihre Fensterscheibe. Lag in den letzten Tagen noch alles unter einer tiefen Schneedecke, so riss der strömende Regen die weiße Pracht unerbittlich mit sich und verwandelte sie in eine weißgraue Flüssigkeit. Bei diesem Wetter würde man nicht mal einen Hund vor die Tür jagen. Alle Angst war von ihr abgefallen, im Gegenteil, die Situation war urkomisch und belustigte sie. Ob ihr jemand diese Geschichte glauben würde?

Sie nahm ihren dunkelroten Frotteebademantel vom Haken, suchte im Flur nach ein paar dicken Socken und ging ins Schlafzimmer zurück.

„Ziehen Sie sich etwas an. In der Zwischenzeit koche ich Ihnen einen heißen Tee." Sie warf ihm die Sachen aufs Bett und ging in die Küche.

Der Duft von Kräutertee zog wohlriechend durch die Küche, als sich der Nikolaus an den Tisch setzte und nach einem Lebkuchen griff. „Ich heiße übrigens Klaus". „Und ich Ina." Ina setzte sich zu ihm an den Tisch und goss ihm und sich eine Tasse heißen Tee ein. „Ihre Sachen sind noch nicht trocken. So können sie sie nicht anziehen." „Ich muss aber weiter, ich habe noch viele Stiefel zu füllen. Wenn ich das nicht mache, wird mich die Agentur nicht bezahlen. Und ich brauche das Geld dringend – ich bin Student." „Ich werde Ihre Kleider in den Wäschetrockner stecken und bei kleiner Temperatur dürfte alles in einer Stunde trocken sein. Solange können wir aber noch schlafen." „Eine gute Idee", antwortete der Nikolaus.

Eingekuschelt in Inas dunkelroten Frotteebademantel schlief Klaus sofort wieder ein. Als Inas Wecker klingelte, war er bereits weg. Auf dem Küchentisch lag eine Schachtel Merci-Schokolade, daneben ein Zettel.

Mein rettender Engel,

ich möchte dich unbedingt wiedersehen.

Danke für alles.

Ich rufe dich heute Abend an.

Dein Nikolaus.

Weihnachten unter „Meisen"

Als Ele den Brief aus dem Briefkasten nahm, war sie gespannt, ob ihr Widerspruch Erfolg zeigte. Ja, ihre Rehabilitationsmaßnahme war endlich bewilligt worden, aber als sie das Datum sah, wurde sie blass. Am 19. Dezember sollte sie anreisen, für fünf Wochen. Das bedeutete, Weihnachten und Silvester wäre sie in einer Reha-Klinik. Sie steckte mitten in den weihnachtlichen Vorbereitungen. Hausputz, einkaufen, vorkochen und backen, Geschenke für die Kinder und Kleinigkeiten für die Eltern und Schwiegereltern besorgen. ‚Wie stellen die sich das vor?', schimpfte sie vor sich hin, als hätte man vor Weihnachten nichts anderes zu tun! Kommt gar nicht infrage'. Sie hatte bereits den Telefonhörer in der Hand um den Termin in der Klinik abzusagen. Vielleicht ließe er sich ja verschieben.

Carsten kam heute früher nach Hause als geplant. Sie überfiel ihn mit der Neuigkeit und war über seine Reaktion verblüfft. „Natürlich fährst du! Du hast so lange auf diese Reha gewartet und jetzt, wo du endlich grünes Licht hast, kneifst du? Das glaube ich nicht!" „Es ist Weihnachten, deine und meine Eltern kommen, ich habe alle Hände voll zu tun! Und wie bringe ich das den Kindern bei?" „Die Kinder sind pubertierende kleine Monster von vierzehn und sechzehn Jahren und keine Säuglinge mehr. Und die Eltern, denen sagen wir ab. Du bist krank, brauchst dringend Erholung. Ich kann mich ja mit den Kindern zur Abwechslung mal bei ihnen einladen!"

Er hatte recht. Seit mehreren Wochen war sie arbeitsunfähig, versuchte ihre Depressionen mit sich abzumachen und ihre Panikattacken zu überspielen. Doch alle in der Familie wussten, dass sie auf dem Zahnfleisch lief und völlig erschöpft war. Sie überschlief ihre Entscheidung und ab dem nächsten Morgen ließ sie die Weihnachtsvorbereitungen auf ein Minimum zurückfahren und kümmerte sich um ihre Garderobe und das Kofferpacken. Die Zeit bis zu ihrer Abreise verflog nur so.

Als Ele vormittags um elf Uhr die helle und freundliche Klinik in Waren an der Müritz betrat, erfüllte sie ein erstes Gefühl der Erleichterung. Wenn sie die nach fünf Wochen oder mehr wieder verließe, würde es ihr sicher wieder besser gehen.

Eine Co-Therapeutin holte sie an der Rezeption ab, brachte sie zu ihrem Zimmer und teilte ihr die Termine für den weiteren heutigen Tag mit. Das ging ja zügig los, in einer Viertelstunde ein Gespräch mit der Co-Therapeutin, nach dem Mittagessen eine ärztliche Untersuchung und gleich danach ein psychologisches Einführungsgespräch.

Kurz vor dem Mittagessen klopfte es an ihre Tür. Ihre ‚Patin', eine Mitpatientin, die schon länger als sie da war, holte sie ab. „Willkommen in der Meisenburg." Als sie Eles verdutztes Gesicht sah, musste sie lachen. „So nennen wir die Klinik!" Christa führte Ele durch die Klinik, sodass sie für den Nachmittag wusste, wo sie zu erscheinen hatte und dann zum Speisesaal. Was für ein Segen, Ele hätte sich sonst kaum zurechtgefunden und sicher mehrfach verlaufen. Christa war ein wahrer Glücksfall. Die

Chemie zwischen den beiden stimmte auf Anhieb, sie waren beide aus Berlin und arbeiteten auch beide im Schuldienst. Das war doch schon mal eine gute Ausgangsbasis. Ele lebte sich schnell in ihrer neuen Umgebung ein. Die Mitpatientinnen und Mitpatienten, die zeitgleich ankamen, schlossen sich zusammen und hatten eine bunte Gruppe gebildet, in der sich von Anfang an ein besonderes Zusammengehörigkeitsgefühl entwickelte. Tagsüber waren alle unterwegs in ihren Gruppen oder zu ihren Anwendungen. Doch bei den Mahlzeiten gab es immer aktuellen Gesprächsstoff. Ein besonderer Treffpunkt am späteren Abend war die „grüne Couch", die meist von Anja belagert wurde, wenn sie ihren Rücken nach zu viel Sport pflegen musste. Wenn Anja da war, kamen auch die anderen Meisen schnell zusammen. Die „grüne Couch" gehörte zu einer Sitzgruppe auf dem Flur des Team 3 und war ein beliebter Knotenpunkt für alle Teammitglieder. Unter dem Tisch stand eine Schokoladenkiste, die sich allgemeiner Beliebtheit erfreute und ständig, wie von Wunderhänden neu aufgefüllt wurde.

Es waren nur noch wenige Tage bis zum Heiligabend. Ele seufzte tief, während sie eine Marzipankartoffel unschlüssig zwischen den Fingern hin- und herdrehte.

„Mir grault ein wenig vor Weihnachten. Viele dürfen nach Hause fahren, doch wir als die Neuen müssen hier bleiben und dürfen noch nicht mal Besuch bekommen." „Sei doch froh, dass du hier bist und dem ganzen Weihnachtsrummel entgehen kannst. Ich bin froh, dass ich nicht die ganze Sippschaft zu Hause bekochen und bedienen muss", antwortete Sylvia. „Deine Kinder sind erwachsen, die können auch alleine Weihnachten feiern, meine sind deutlich jünger", gab Ele zu bedenken. „Auch deine sind alt genug, um nicht ständig an Mamas Rockzipfel hängen zu wollen. Lass einfach los und genieße, dass du diese Zeit nur für dich nutzen kannst." „Ich bin auch froh, dass ich Weihnachten mal ganz anders als sonst erleben kann", gab Udo zu bedenken, „es hängt auch davon ab, was wir daraus machen. Weihnachten ist überall." „Für mich ist es ein wahrer Segen, hier sein zu dürfen. Mein Leben ist gerade an allen Ecken und Kanten zusammengebrochen und nur hier kann ich sortieren, was wichtig und für meine Zukunft bedeutsam ist", ergänzte Karsten, der in die Tageszeitung vertieft war, aber dem Gespräch aufmerksam folgte.

Bodo hatte sich während des Gespräches Notizen gemacht. „Ich habe mal versucht, die Feiertage ein wenig zu strukturieren. Meine Frau kommt ja zu einer Gesundheitswoche und ist von Heiligabend bis Silvester hier. Ich hoffe, sie kann noch zwei Tage bis zum zweiten Januar verlängern. Ihr werdet sie mögen, sie ist pflegeleicht und macht gern alles mit, zumal sie vor zehn Jahren schon mal zur Reha in dieser Klinik war. Fakt ist, dass an den Feiertagen alle Anwendungen ausfallen. Wir könnten mit den Co-Therapeuten sprechen, ob wir zu den wichtigen Räumen Zugang bekommen, damit wir uns wenigstens sportlich betätigen können."
Anja lachte. „Bodo, du bist zwar ein vertrauenswürdiger Mensch, aber die werden dir wohl kaum den Generalschlüssel um den Hals hängen und in den Weihnachtsurlaub gehen." „Der Ergometerraum, das Schwimmbad und die Sauna sind ja so-

wieso meist zugänglich. Es beträfe also nur die Turnhalle und den Gymnastikraum", fügte Karsten hinzu, „und den könnten uns die Schwestern der medizinischen Zentrale öffnen, denn die sind immer da. Ich hatte ja schon mal vorgeschlagen, Volleyball oder Tischtennis zu spielen. Das lässt sich doch als Turnier mit Patienten aus anderen Teams organisieren." Er legte die Zeitung weg und wandte sich interessiert dem Gespräch zu.

„Die Räume der Ergotherapie wären auch nicht unwichtig, ich würde gern an meinem Tablett weiterarbeiten." Die Ideen sprudelten nur so. „Es liegt hoch Schnee und so kalt ist es nicht. Wir könnten eine Wanderung durch den Nationalpark oder um die Feisneck machen", fügte Sigrid hinzu, die mit ihren Nordic-Walking-Stöcken bei Wind und Wetter unterwegs war.

„Am Hafen ist Weihnachtsmarkt. Ich träume gerade von einer Rostbratwurst, heißem Glühwein und gebrannten Mandeln", geriet Andrea ins Schwärmen.

Als Bodos Frau Gabi am Morgen des Heiligabend anreiste, hatte sie neben ihrem Koffer einen großen Karton mit. „Wer Lust hat, kommt nach dem Mittagessen in die Lehrküche." Bodo und Gabi grinsten „Wir brauchen so viele Hände wie möglich – Überraschung!!!"

Kurz nach dem Mittagessen hatten sich sieben neugierige Meisen vor der Lehrküche versammelt. Bodo hatte sich den Schlüssel besorgt und Gabi hatte alle Zutaten mitgebracht.

Kurz vor dem Abendessen zog ein süßlicher Duft von Weihnachtsplätzchen durch die Klinik und alle, die an dem Abend Dienst hatten, bekamen ein kleines Tütchen voller selbst gebackener Weihnachtskekse, einer Orange und von Ilsa einen selbst gebastelten Schutzengel.

Wolfgang hatte sein Keyboard in der Cafeteria aufgebaut und bei Weihnachtspunsch und Keksen zum gemeinsamen Weihnachtsliedersingen eingeladen. Alle Patienten der Klinik kamen. Nur kurz vor dem Einschlafen, nach einem so besonderen gemeinsamen Heiligabend, gedachte der Eine oder die Andere mit leichter Wehmut der Familie daheim.

In der Nacht zum ersten Weihnachtstag legte sich eine weitere leuchtend weiße Schneedecke über Waren und den Nationalpark. Blauer Himmel und Sonnenschein luden zu einer Wanderung um die Feisneck ein. Weihnachtliche Ruhe lag über dem See und getrieben von der winterlichen Kälte waren die etwa acht Kilometer zügig zurückgelegt. Die von den Patienten gerne und häufig besuchte Kulturkneipe FloMaLa lud zu einem traditionellen weihnachtlichen Essen ein. Frisch gestärkt und ausgeruht ging es für einige weiter zum Warener Weihnachtsmarkt, andere zogen sich zum wohlverdienten Mittagschlaf zurück.

Gut gelaunt und ausgelassen kamen die Weihnachtsmarktbesucher zum Abendessen zur Klinik zurück, umhüllt von einer Wolke aus Pfefferminz. Der eine oder andere Glühwein war zum Aufwärmen lebensnotwendig, doch niemand wollte das Risiko eingehen, in der medizinischen Zentrale zum Pusten eingeladen zu werden.

Am zweiten Feiertag war jeder bemüht, die überflüssigen Kalorien in der Turnhalle, auf dem Ergometer oder beim Muskelaufbautraining wieder zu verbrennen. Karsten hatte ein Volleyball-Turnier organisiert, das sich großer Beliebtheit erfreute und gegen die Muskelüberanstrengung zog es viele in die Sauna der Klinik. Und als die Patienten mit Urlaubsschein im Laufe des Abends zurückkehrten, fanden sie eine ausgelassene und zutiefst entspannte Patientengruppe vor, die von diesem besonderen und einzigartigen Weihnachtsfest in der Klinik nur so schwärmten.

Zehn kleine Weihnachtsmänner

Zehn kleine Weihnachtsmänner, die keine Arbeit scheu'n,
der eine war ganz ungeschickt, da waren's nur noch neun.

Neun kleine Weihnachtsmänner putzten bis in die Nacht,
der eine fiel beim Bohnern hin, da waren's nur noch acht.

Acht kleine Weihnachtsmänner sollten ein Auto schieben,
der eine hat sich überschätzt, da waren's nur noch sieben.

Sieben kleine Weihnachtsmänner hatten nachts heimlich Sex,
den einen hat der Schlag getroffen, da waren's nur noch sechs.

Sechs kleine Weihnachtsmänner vergaßen ihre Strümpf,'
dem einen froren die Zehen ab, da waren's nur noch fünf.

Fünf kleine Weihnachtsmänner tranken heimlich Bier,
der eine hat es nicht vertragen, da waren's nur noch vier.

Vier kleine Weihnachtsmänner brieten sich ein Ei,
der eine bekam ein Magenhusten, da waren's nur noch drei.

Drei kleine Weihnachtsmänner backten so allerlei,
der eine war am Teig erstickt, da waren's nur noch zwei.

Zwei kleine Weihnachtsmänner suchten einen Weiher,
der eine ist hinein gefallen, da war es nur noch einer.

Ein kleiner Weihnachtsmann verkleidete sich als Engel,
die Tarnung flog doch recht schnell auf:
es war ein frecher Bengel.

Lieber Weihnachtsmann,

bedenke,

wenn du die Geschenke

zeitgerecht

zum Weihnachtsfest

für Groß und Klein

verteilen lässt,

trau'

keiner S-Bahn in Berlin,

du kommst gewiss nicht

pünktlich hin.

Ob Stromausfall,

defekte Wagen,

ein Schneefall an

so manchen Tagen,

hat schon so viele

bös' getroffen,

und ließ auf bessere

Zeiten hoffen. Drum

sei gescheit

und sorge vor,

fahr' besser

mit dem Auto vor.

Oh, du fröhliche...

Die Reinigungskraft Katja öffnete die Bürotür mit Schwung, denn das war ihr letztes Büro, das sie zu säubern hatte. Sie freute sich auf den Feierabend.

Mit großen Augen starrte sie auf den dunkelhaarigen Mann am Schreibtisch, der nervös auf seinem Stift herumkaute, in seinen Monitor starrte und ihr geräuschvolles Eintreten nicht einmal bemerkt hatte.

„Was machen Sie denn noch hier? Haben Sie neuerdings nie Feierabend?"

Irritiert schaute Peter Jakobsen auf die Erscheinung im hellblauen Kittel.

„N'Abend... Wieso? Wie spät ist es denn?" Er blickte nervös auf seine Armbanduhr und schaute Katja mit einem verlegenen Lächeln an. „Sorry, ich habe mal wieder die Zeit vergessen, es ist ja schon gleich halb neun."

Katja wunderte sich nicht mehr über Peter Jakobsen. Er war ein Workaholic, der oft spät am Abend noch an seinem Computer saß. In diesem Institut der Freien Universität waren ihr schon spät am Abend so manche verhuschten Professoren, der eine oder andere ehrgeizige Doktorand oder auch Studenten über den Weg gelaufen. Die Physischen Geografen waren wohl ein ganz eigenes Völkchen.

Peter Jakobsen war promoviert und habilitiert und hatte auf seiner Karriereleiter fast alles erreicht. Trotzdem hielt die Wissenschaft ihn oft hier gefangen.

„Ich bin sofort weg, ja?" Mit einem verlegenen Lächeln fuhr er seinen Computer runter, schob ein paar Papiere hastig zusammen und packte sie in seine Aktentasche, griff nach Jacke und Schal und bedeutete Katja mit einem Nicken, dass sie anfangen könne.

„Sie wollen doch etwa Weihnachten nicht auch noch arbeiten?", antwortete sie mit einem viel sagenden Blick auf seine Aktentasche.

„Wieso? Den wievielten haben wir denn heute?"

„Professor Jakobsen, es ist der 23. Dezember und jeder in diesem Institut freut sich auf ein paar freie Tage, das können Sie doch nicht vergessen haben?"

Er ließ sich seufzend auf seinen Stuhl sinken. „Sagen Sie mir, dass das nicht wahr ist! Dann ist ja morgen Heiligabend!"

Peter Jakobsen starrte vor sich hin. Katja trat besorgt auf ihn zu. „Ist Ihnen nicht gut? Brauchen Sie ein Glas Wasser?"

„Nein danke. Ich habe nur alles vergessen, was man zu Weihnachten vergessen kann.

Morgen Vormittag kommt meine Frau mit unserer Tochter von Madeira zurück. Ich habe weder das Haus in Ordnung gebracht, noch eine Ente eingekauft, geschweige denn ein einziges Weihnachtsgeschenk. Und da ich meine Familie gegen elf Uhr dreißig vom Flughafen abholen muss, habe ich keinen blassen Schimmer, wie ich das alles schaffen soll."

Katja überlegte angestrengt. Sie mochte diesen schusseligen Professor, der höchstens zehn Jahre älter war als sie selbst. Er war immer freundlich und zuvorkommend zu ihr gewesen und im Vergleich zu anderen Büros sah seines immer recht aufgeräumt auf, als bemühe er sich, ihr nicht allzu viel Arbeit zu machen. Sie fühlte sich als Mensch ernst genommen und nicht als „Putze" degradiert, wie bei so manchen anderen.

„Nun", begann sie zögerlich, „ich wollte morgen eigentlich ausschlafen, denn ich bin abends bei Freunden eingeladen und habe somit keine weiteren Verpflichtungen mehr. Im Gegensatz zu Ihnen habe ich nämlich bereits an alles gedacht und vorbereitet. Wenn Sie meine Hilfe zum Saubermachen in Ihrem Haus in Anspruch nehmen möchten, von mir aus gerne."

„Das wäre ja wunderbar!" Peter war von seinem Stuhl aufgesprungen, lief um seinen Schreibtisch herum und nahm Katjas Hände fest in seine. „Sie sind ein Engel! Könnten Sie um sieben Uhr bei mir sein?" „Klar", antwortete Katja, „wenn Sie mir Ihre Adresse geben, bin ich um sieben Uhr da. Aber nun würde ich Sie bitten, mich hier meine Arbeit machen zu lassen, denn ich habe pro Büro nur eine bestimmte Zeit zur Verfügung und die ist eigentlich schon um."

Peter reichte ihr eine Visitenkarte. „Danke, Katja und einen schönen Abend für Sie."

Bevor Katja diesen Wunsch erwidern konnte, war er schon zur Tür hinaus geeilt.

Zum Glück hatten die großen Geschäfte bis zweiundzwanzig Uhr geöffnet. Peter warf seine Tasche in den Kofferraum, fuhr vom Parkplatz des Institutes und nahm Kurs auf die Innenstadt. Im KaDeWe würde er sicher alles bekommen, was er an Lebensmitteln benötigte. Es war dort zwar teurer als woanders, aber das hatte er sich selbst zuzuschreiben.

Doch er war nicht der Einzige, der an diesem Abend noch einkaufen wollte. Die Straßen waren voll, die Parkplatzsuche gestaltete sich auch im Parkhaus als äußerst schwierig und Peter stellte sich genervt hinter einen blauen Opel Omega, dessen Fahrerin sich beim Einparken anstellte, als habe sie ihren Führerschein bei Karstadt auf dem Krabbeltisch gefunden.

Resigniert sank er in sich zusammen. ‚Was mache ich hier eigentlich? Das ist doch alles Schwachsinn, was ich hier vorhabe'. Die Fahrerin des Opel Omega gab auf, gab stattdessen Gas und suchte sich offenbar eine noch größere Parklücke. Das war Peters Glück, er hatte wenigstens einen Parkplatz und konnte in Ruhe nachdenken, wie es weitergehen könnte.

Alles lief in diesem Jahr schief und war anders als sonst. Heiligabend war immer das Betätigungsfeld seiner Frau gewesen und er schmunzelte, als er an das vergangene Jahr dachte und seine

Tochter Charlotte die ersten vorsichtigen Versuche unternahm, mit ihrem neuen kleinen Fahrrad den Weihnachtsbaum zu umrunden. Sie kreischte vor Vergnügen und ließ sich nach vielen guten Worten überzeugen, die nächsten Versuche am folgenden Morgen im Hellen vor dem Haus zu wagen. Am ersten Feiertag kamen seine und Sabines Eltern zum Gänsebratenessen und den zweiten Feiertag verbrachten sie meist gemütlich zu Hause.

In diesem Jahr war alles anders. Peters Eltern hatten sich zu Weihnachten einen Lebenstraum erfüllt und waren auf einem Kreuzfahrtschiff im Pazifischen Ozean und Sabines Eltern verbrachten zwei Wochen Urlaub auf Madeira. Alles lief problemlos, bis der Anruf von Sabines Mutter kam, dass ihr Mann mit Verdacht auf einen Herzinfarkt ins Krankenhaus nach Funchal eingeliefert worden war. Sabine hatte den nächsten Flug gebucht und war mit Charlotte zu ihren Eltern geflogen. Insgeheim hatte er sich schon Vorwürfe gemacht, Charlotte nicht zuhause behalten zu haben, aber seine derzeitige Forschungsarbeit hatte ihn so in Beschlag genommen, dass ihm diese schlauen Gedanken erst kamen, als Sabine und Charlotte bereits im Flugzeug saßen.

Der Zeiger der Uhr rückte auf halb zehn zu und riss Peter aus seinen Gedanken.

Er musste wenigstens die Lebensmittel für morgen einkaufen und noch heute Abend einen Kartoffelsalat machen. Sabine wäre bitter enttäuscht von ihm, wenn er nicht mal das auf die Reihe bekäme.

Er schob sich mit seinem Einkaufswagen durch die Lebensmittelabteilung und konzentrierte sich darauf, was nötig war, um die Familie am Heiligabend, zum Frühstück und zum Abendessen an den Feiertagen nicht verhungern zu lassen. Er hoffte inständig, dass Sabine seinem Vorschlag, am ersten Feiertag Essen zu gehen, zustimmen würde, zumal die Eltern sowieso nicht da seien und man ja auch mal Gänsebraten mit Klößen und Rot- und Grünkohl in einem Restaurant essen könnte.

Nachdem er sicher war, nichts vergessen zu haben, machte er sich auf die Suche nach Geschenken für Sabine und Charlotte.

Schwitzend raste er durch die Schmuckabteilung, hastete in die Bücherabteilung und von dort resigniert in die Spielwarenabteilung. Hätte er wenigstens einen blassen Schimmer davon gehabt, was er eigentlich suchte, wäre seine Geschenke-auf-dem-letzten-Drücker-Aktion vermutlich besser verlaufen.

Das Geschiebe und Gedrängel der anderen Leute, das weihnachtliche Glitzern und Blinken und die Weihnachtslieder, die durch die Abteilung waberten, gingen ihm mächtig auf die Nerven. Alles in ihm drängte, diesen Luxustempel so schnell wie möglich wieder zu verlassen und die klare und kalte Winterluft in seine Lungen zu ziehen.

Plötzlich hielt er inne. Er hatte eine Idee. Er nahm sein Handy aus der Tasche, wählte die Nummer von Markus, seinem alten

Studienfreund, mit dem ihn noch heute eine tiefe Freundschaft verband, und hoffte inständig, dass Markus eines seiner gravierendsten Probleme lösen könne.

Markus meldete sich umgehend, als hätte er Peters Anruf erwartet. Ein kurzer Wortwechsel, ein Schimmer der Zufriedenheit auf Peters Gesicht und nun hatte er nichts weiter zu tun, als gezielt noch ein paar Kleinigkeiten zu besorgen.

Zufrieden machte er sich kurz vor Ladenschluss, voll bepackt, auf dem Weg zu seinem Auto.

Während seiner Hetze zwischen einem neuen Schmuckstück, neuen Büchern oder einem neuen Parfum für Sabine war ihm eine ganz andere Idee gekommen, die sowohl Sabine als auch Charlotte gefallen würde. Und ihm, so gestand er sich ein, auch.

Als er nach Hause kam, verstaute er alles im Kühlschrank und Vorratsschrank und konzentrierte sich auf seinen Kartoffelsalat. Er beherrschte nicht viel in der Küche, aber sein Kartoffelsalat war im Familien- und Freundeskreis ein immer wieder gern gesehener Leckerbissen. Nebenbei lief die Waschmaschine mit der abgezogenen Bettwäsche, die Spülmaschine reinigte das benutzte Geschirr der letzten Tage, das Peter unachtsam über das ganze Haus verteilt hatte und er staunte selbst, wie wohltuend er die körperliche Betätigung fand.

Nach einem Gefühl der elementaren Grundreinigung fiel er todmüde weit nach Mitternacht ins frisch bezogene Bett.

Katja stand pünktlich um sieben Uhr mit noch warmen Brötchen vor der Haustür. Nach einem kurzen gemeinsamen Frühstück in gelöster Stimmung krempelten beide die Ärmel hoch und um zehn Uhr hatte sich das Haus in die Puppenstube verwandelt, die er von Sabine gewöhnt war. Katja hatte sich ein großzügiges Weihnachtsgeschenk verdient und konnte es kaum glauben, dass sich Peter von ihr bis zum dritten Januar verabschiedete.

Sabine und Charlotte kamen pünktlich an. Nach den vielen Erzählungen , Charlotte plapperte munter darauf los, was sie auf Madeira alles erlebt und gesehen hatte und schlief dann vor Erschöpfung ein, hatten Sabine und Peter etwas Zeit für sich. Der Zustand von Sabine Vater war stabil und ihre Eltern wollten den Urlaub im Schongang zu Ende bringen. Die Anspannung stand Sabine im Gesicht geschrieben und sie hatte ein paar Falten bekommen, die ihrer Schönheit jedoch keinen Abbruch taten, sondern ihre weibliche Reife eher unterstrichen.

„Weißt du was", hob Sabine vorsichtig an, „ich bin froh, wenn diese ganzen Feiertage vorbei sind und das neue Jahr mit neuen Chancen vor der Tür steht."

„Du brauchst nur die Koffer umpacken, statt Sommerbekleidung etwas Winterliches und morgen geht es schon los."

Sabine schaute ihren Mann fragend an und tief in seinem Inneren wusste er, dass seine Intuition richtig war. Er erklärte ihr mit strahlenden Augen, dass er Markus Ferienwohnung auf der Insel Rügen bis zum zweiten Januar gebucht hatte. Ein Familienurlaub an der Ostsee mit viel Ruhe, wo die Familie sich ausschlafen und erholen, lange Strandspaziergänge machen und sich verwöhnen lassen konnte. Das würde allen gut tun. Ihm war am vergangenen Abend schmerzlich bewusst geworden, wie wenig Zeit er sich für seine Familie nahm und wie schnell seine Tochter groß werden würde, ohne dass er das so richtig mitbekam.

Sabine fing vor Freude an zu weinen, aber ihre Augen strahlten und sahen ihn liebevoll an. Sie schmiegte sich eng an ihren Mann. Kein weiteres Wort war mehr nötig.

WEIHNACHTSMARKT

Glühwein und gebrannte

Mandeln,

so mancher Kunde

liebt zu handeln,

ein Kinderkettenkarussell,

für manches Kind

zu hoch, zu schnell.

„White Christmas" schrillt

laut durch die Luft,

vermischt sich mit

Rostbratwurstduft

und frischem Käse,

„Wie pikant",

seufzt eine Frau

am Kaffeestand.

Die Menschen hetzen,

ja sie schieben, suchen

Geschenke für die

Lieben.

Ein schneller Kauf,

schön eingepackt

und auf der Liste

abgehakt.

Zufrieden, satt,

randvoll die Tasche,

für Oma fehlt

die Glühweinflasche,

geht es nun weiter

im Gedränge

der kaufbesessenen

Menschenmenge.

Der Weihnachtshund

Helena schlenderte vergnügt durch die stillen Straßen, schaute abwechselnd mal nach rechts, mal nach links und erfreute sich an den festlich geschmückten Fenstern. Sie hatte den Heiligen Abend mit ihren Eltern und Geschwistern verbracht. Tief in ihrem Herzen war ein stiller Frieden, wie sie ihn lange nicht erlebt hatte. So schön, wie der Tag auch gewesen war, freute sie sich auf ihre kleine gemütliche Wohnung, in der sie den Abend bei einem Glas Rotwein für sich ausklingen lassen wollte. Den Schatten eines Mannes, der ihr seit einer Weile im sicheren Abstand von etwa zehn Metern folgte, bemerkte sie nicht.

Kleine Schneeflocken tänzelten vom Himmel und legten sich sanft auf den kalten Asphalt. Helena stoppte unvermittelt. Vor ihr auf dem Bürgersteig saß ein Schäferhund und blickte sie direkt an.

„Nanu, wo kommst du denn auf einmal her?", fragte sie und schaute ihn erstaunt an. „Hat man dich etwa ausgesetzt?"

Er hatte ein wunderschönes helles Fell, das im sanften Licht der Straßenlaterne leuchtete.

„Nimmst du mich mit?"

Helena blickte sich erstaunt um, aber außer ihr und dem Hund war niemand mehr zu sehen.

Irritiert blickte sie den Hund an. Das war doch nicht möglich, nein, auf keinen Fall. Nach zwei Gläsern Sekt konnte sie unmöglich Stimmen hören. Sie schaute sich noch einmal suchend um, dann betrachte sie den Schäferhund genauer.

Sie schaute in sein rehbraunes Auge, das sie so flehentlich ansah, dass ihr das Herz schwer wurde.

„Wie stellst du dir das vor? Ich kann dich doch nicht einfach mitnehmen. Du hast doch sicher ein Herrchen oder Frauchen, die dich längst vermissen."

Der Hund trug kein Halsband, aber das besagte gar nichts. Ein so gepflegter Hund konnte kein Streuner sein. Und – das hatte sie noch nie gesehen – er hatte zwei unterschiedliche Augen. Von einer Seite sah er aus wie ein Schäferhund, von der anderen wie ein Husky.

„Nun komm schon oder willst du warten, bis wir beide völlig durchnässt sind?!" Keine weitere Antwort abwartend, stand der Hund auf und trottete weiter.

Helena war so perplex, dass sie ohne ein weiteres Wort mit ihrem vierbeinigen Begleiter weiter ging. Artig hob er an der Kastanie vor ihrem Haus das Bein und trottete hinter ihr die Stufen bis zur zweiten Etage hinauf.

Sie bereitete ihm vor ihrem Bett ein gemütliches Lager aus Wolldecken, während er sich gierig über einen gut gefüllten Fressnapf hermachte. Helena dachte an Trixi, ihre alte, treue Schäferhündin, die sie vor knapp einem Jahr hatte einschläfern lassen müssen und schon schossen ihr die Tränen in die Augen.

Morgen würde sie den Hund in ein Tierheim bringen und morgen würde ihr Kopf auch wieder klar sein. ‚Ein sprechender Hund, so ein Quatsch!‘", schalt sie sich innerlich und schüttelte den Kopf. Sie begann sich auszuziehen, drehte sich noch einmal um und betrachtete ihren neuen Schlafzimmergefährten.

„Und du drehst dich jetzt um, schließlich bist du ein Rüde!"

Anstelle einer Antwort schaute sie der Hund aus seinem strahlend blauen Auge schläfrig an, rollte sich ein wie ein Embryo und verfiel in einen tiefen Hundeschlaf. Helena verzichtete auf ihr Glas Rotwein, ging ebenfalls zu Bett und betrachtete ihren neuen Mitbewohner mit einer scheuen Zärtlichkeit.

„Ich muss mal raus! Hättest du die Tür nicht abgeschlossen, hätte ich sie mir selbst aufgemacht. Du brauchst nur aufschließen, um alles andere kümmere ich mich."

Helena erstarrte unter ihrer kuscheligen Bettdecke. Da war sie wieder, die Hundestimme vom gestrigen Abend. Vorsichtig lugte sie mit einem Auge unter ihrer Bettdecke hervor. In ganzer Schönheit stand der Schäferhund mit beiden Vorderpfoten auf ihrer Bettkante und blickte sie flehend an. Sie stand auf, schloss die Wohnungstür auf, ließ den Hund hinaus und legte sich abwartend wieder hin. Nach wenigen Minuten kam er zurück, drückte die Wohnungstür zu und legte sich wieder auf sein Nachtlager.

„Tut mir leid, dass ich dich wecken musste, aber ich wollte dir Unangenehmes ersparen", murmelte er, bevor seine müden Schäferhundaugen erneut zufielen.

Helena schlief auch wieder ein, verfiel aber in einen sehr unruhigen Schlaf. Sie wälzte sich hin und her und träumte so viel Unsinn zusammen, dass sie kurze Zeit später aufstand und sich einen starken Kaffee kochte. Sie musste sich konzentrieren. Sie rief ihre Mutter an und bedankte sich noch einmal für den schönen Abend. Allen in ihrer Familie schien es gut zu gehen, so dass es vermutlich nicht am Sekt lag, dass sie die Stimme eines Hundes gehört hatte.

„Du bist ja schon auf", ertönte die Stimme des Hundes hinter ihr. Sie betrachtete ihn genauer. Er schaute sie eindringlich mit seinem braunen Auge an. Sobald er seinen gefüllten Fressnapf erblickt hatte, machte er sich gierig über sein Frühstück her.

„Hast du auch einen Namen"?, fragte Helena ihn unvermittelt.

Er schaute sich kurz zu ihr um.

„Robin", antwortete er und fraß genüsslich weiter.

„Wie hast du dir das vorgestellt, Robin? Du kannst nicht hier bleiben, denn ich bin überzeugt, dein Herrchen oder Frauchen suchen dich bereits. Ich schlage vor, wir gehen zur Polizei und erkundigen uns, ob dich jemand als vermisst gemeldet hat. Was meinst du? Wenn nicht, bringe ich dich ins Tierheim."

Robin leckte sich mit seiner langen roten Zunge das Maul, schlabberte ein wenig Wasser, streckte sich lang vor Helenas Füßen aus und sagte:

„Das ist unnötige Zeitverschwendung. Es ist meine Aufgabe, eine Weile bei dir zu bleiben und auf dich achtzugeben."

„Wer sagt das?"

„Das kann ich dir nicht sagen, ich weiß aber, dass es so ist."

Helena blickte Robin irritiert an. Dabei fiel ihr auf, dass sie seine Sprache nur verstand, wenn er sie mit seinem braunen Auge direkt ansah. Hatte er ihr das andere zugewandt, wirkte er eher teilnahmslos.

„Wie stellst du dir das vor? Ich habe zwar jetzt ein paar Tage frei, aber nicht die Absicht, mein Leben nach dir zu richten."

„Das musst du doch auch nicht. Wenn du dafür sorgst, dass ich zu fressen habe und raus kann, wenn ich mal meine Schäfer-hundbedürfnisse habe, ist doch alles in Ordnung. Du kannst mich überall mit hinnehmen, ich bin gut erzogen."

„Wenn dich aber jemand reden hört, was auch ich in höchstem Maße seltsam finde, was soll ich dann machen? Die anderen halten mich vielleicht für übergeschnappt?"

Für einen Moment schien es ihr, als lächelte Robin.

„Mach dir darüber mal keine Sorgen. Dass du meine Sprache verstehst, merkt sonst niemand. Und das ist auch nur für eine bestimmte Zeit der Fall, dann erlischt dieser Zauber und meine Mission bei dir ist für mich beendet. Ich werde dann wieder dorthin gehen, woher ich gekommen bin."

Helena gefiel der Gedanke, wieder einen Hund in ihrer Nähe zu haben. Nach Trixis Tod hatte sie zwar noch Klaus, ihren damaligen Lebensgefährten, doch der zog es vier Monate später vor, sich mit einer Jüngeren zu liieren und schlagartig mit Sack und Pack auszuziehen. Helena zog sich sehr zurück und litt unter der Stille in der Wohnung und ihrer eigenen Einsamkeit. Der Frühling und der Sommer fanden mehr oder weniger ohne sie statt, sie war mit ihrer eigenen Trauer zu sehr beschäftigt, dass das Erwachen und Reifen in der Natur nicht bis zu ihrem Herzen vordringen konnte. Zum Herbst hin kündigte sie ihre Arbeitsstelle in der Stadtbibliothek und begann als Bibliothekarin in einem kleinen Buchladen in der Innenstadt. Peter, ihr Chef, war ein reizender und charmanter Mann, der sie langsam, aber sicher aus ihrem Schneckenhaus befreite. Sie wusste, dass er verheiratet war und doch fand sie nichts dabei, hin und wieder nach Feierabend mit ihm Essen oder ins Kino zu gehen. Er war ein aufmerksamer und interessanter Gesprächspartner.

Als ihr klar wurde, dass sich ihre Sympathie für ihn in eine gewisse Verliebtheit gewandelt hatte, kostete es sie alle Mühe, ihre wahren Gefühle vor ihm zu verbergen.

Zum Nikolaustag schenkte er ihr eine feingliedrige silberne Halskette, legte sie ihr in einem sündhaft teuren Lokal vor dem Essen um den Hals und küsste sie zärtlich in den Nacken. Helena wich scheu zurück. Das wollte sie nicht, schon gar nicht nach dem Chaos, das Klaus in ihrem Innersten hinterlassen hatte und erst recht nicht mit einem verheirateten Mann.

Sie wehrte sich gegen ihre Gefühle. Und doch, als er mal beiläufig von seiner Ehe, die angeblich nur noch auf dem Papier bestand erzählte, keimte ein Körnchen der Hoffnung in ihr auf. Sie wartete ab, ohne ihn in irgendeiner Form zu drängen.

Und heute war der Tag, an dem sie bei ihm und seiner Frau eingeladen war. Wie hatte sie nur zusagen können? Eine innere Aufregung legte sich krampfartig um ihre Magengrube und wandelte ihre anfängliche Freude in blanke Nervosität um. Und nun hatte sie Robin. Konnte sie ihn einfach mitnehmen? Sie wusste doch gar nicht, ob ein unangemeldeter Hund Peter und seiner Frau willkommen waren. Möglicherweise hatten sie gerade eine läufige Hündin, der Robin schmachtend den Hof machen würde. Auf was ließ sie sich da bloß ein?

Als hätte Robin ihre Gedanken erraten, blickte sein braunes Auge sie fest an.

„Ich habe dir versprochen, mich zu benehmen. Mach dir lieber mal Gedanken darüber, was du anziehen willst."

Helena nahm ein heißes Bad, nachdem sie Robin gnadenlos aus ihrem Badezimmer ausgesperrt hatte. Das heiße Wasser beruhigte ihr Gemüt. Peter wusste nichts von ihren Gefühlen für ihn und dabei sollte es auch bleiben. Und sollte er sich auch in sie verliebt haben, bliebe abzuwarten, was daraus würde.

Robin war ihr ins Schlafzimmer gefolgt und beäugte sie kritisch. Sie hatte fast alles durchprobiert, was an Garderobe heute für sie in Frage käme. Das schwarze Kleid hielt er für zu aufdringlich, das beige Kostüm für zu bieder, ein geblümtes Kleid für nicht festlich genug. Immer wieder schüttelte er den Kopf oder zog seine Schäferhundschnauze kraus.

Endlich war er einverstanden. Sie hatte sich für eine schwarze Hose mit einer champagnerfarbenen Bluse entschieden, dezent, feierlich und für diesen Anlass passend. Ihre blonden langen Haare flocht sie zu einem französischen Zopf und dezent geschminkt musste sie Robin recht geben. Ihr Spiegelbild gefiel ihr ausnehmend gut.

Nach einer ausgiebigen Schäferhund-Gassirunde wickelte Helena ihren weihnachtlichen Strauss aus und klingelte an der Tür des einladenden Anwesens.

Peters Frau Simone öffnete die Tür. Helena blickte in ein freundlich lächelndes Gesicht. Warme braune Augen waren auf sie gerichtet und mit einer herzlichen Begrüßung bat sie Helena, einzutreten. Simone war von einer umwerfend grazilen Schönheit und Herzlichkeit, dass es Helena im ersten Moment die Sprache verschlug.

Peter kam strahlend lächelnd auf sie zu und nahm ihr den Mantel ab.

„Ich wusste gar nicht, dass du einen Hund hast. Und dazu noch einen so schönen und gepflegten." Auch Simone schien von Robin angetan und kraulte ihn bereits hinter den Ohren.

„Erzählte ich das nicht"?, wand sich Helena gekonnt aus der Affäre. „Er lebt die meiste Zeit bei meinen Eltern. Dort im Garten hat er mehr Freude als in meiner Stadtwohnung." Sie war froh, dass ihr diese glaubhafte Ausrede eingefallen war. Was hätte sie auch sonst sagen sollen? ‚Er ist mir gestern Abend zugelaufen und das Tollste ist, dass er sprechen kann.'

Außer Helena waren ein befreundetes Pärchen von Simone und Peter und Olaf, ein Cousin von Simone, eingeladen, der gerade mit Begeisterung an seiner Masterarbeit schrieb und demzufolge liebend gern das Gespräch immer wieder darauf lenken wollte.

Helena fühlte sich auf Anhieb wohl in dieser kleinen Runde. Robin hatte an der Terrassentür Platz genommen und obwohl er so tat, als ginge ihn das alles nichts an, entging ihm keine noch so winzige Kleinigkeit. Weder die verstohlenen Blicke, mit denen Helena Simone beobachtete, noch die deutlichen Blicke von Peter, die oftmals an Helenas Körperstellen hafteten, die für ihn als verheirateter Mann absolut tabu sein sollten. Olaf versuchte immer wieder vergebens, Helena in tiefschürfende Gespräche über deutsche Literaturgrößen zu verwickeln, aber sie unterhielt sich lieber mit Simones Freundin Hannah über gesunde Ernährung und allerneueste Fitnesstrends. Nach einem ausgiebigen Raclette-Essen zogen sich die Männer zu einem edlen Tropfen zurück und den drei Frauen mangelte es nicht an immer wieder aktuellem Gesprächsstoff.

Gegen halb neun verabschiedete sich Helena, bedankte sich für die Einladung und den schönen Nachmittag und Abend und fuhr mit Robin nach Hause. Simones Abschiedsworte klangen noch in ihren Ohren nach. „Ich freue mich, Sie kennengelernt zu haben. Peter ist so von Ihnen angetan. Das Geschäft macht enorme Umsätze, seid Sie da sind. Und ich wollte endlich mal wissen, wer solch ein glückliches Händchen dafür hat. Der Buchladen hat eine lange Familientradition, die Peter sehr am Herzen liegt. Aber er hat nicht so ein Geschick dafür. Zum Glück hat er Sie nun und darüber bin ich sehr froh. Ich hoffe, Helena, Sie besuchen und bald wieder mal." Als Simone Helena zum Abschied die Hand reichte, glaubte Helena, an Simone ein leichtes Babybäuchlein entdeckt zu haben.

Dass die Ehe nur auf dem Papier bestünde, daran hatte Helena erhebliche Zweifel. Peter hatte seine Frau aufmerksam, zuvorkommend und wie ein Gentleman behandelt. Nichts deutete auf eine zerrüttete Ehe hin. Diese Klarheit war zwar schmerzhaft, aber sie ernüchterte Helena schlagartig. Peter war ihr Chef und dabei sollte es auch bleiben!

Sie drehte mit Robin noch eine ausgiebige Runde durch den Stadtpark und ging dann mit ihm heim.

„Du hast dich tadellos benommen, Robin", lobte sie ihn und gab ihm zur Belohnung ein extra Würstchen.

„Du auch", erwiderte Robin. „aber deine Gedanken und Gefühle scheinen bei dir gerade Karussell zu fahren. Kann es sein, dass du in deinen Chef verliebt bist?"

„Und wenn schon, was geht dich das an"?, platzte es lauter aus ihr heraus, als sie es beabsichtigt hatte.

Robin schaute sie ernst an. „Lass die Finger davon. Sein männliches Ego ist gerade in absoluter Schieflage. Es ist dir wohl nicht entgangen, dass Simone schwanger ist? Ich habe ihn beobachtet, er findet dich attraktiv, ohne Frage, aber das ist nichts Ernstes. Und bei aller Verliebtheit, Helena, bist du über den Auszug von Klaus doch noch gar nicht richtig hinweg."

Fassungslos schaute Helena Robin an. Woher wusste er das alles? Was befähigte diesen Hund, in ihr Innerstes zu blicken und ihre geheimsten Gefühle zu durchschauen?

Sie mochte Simone und würde gern näher mit ihr befreundet sein, aber das ging nur, wenn sie Peter als ihren Chef und als nichts anderes ansehen würde. Aber das war ihr die Sache wert. Und Robin hatte recht, Klaus beherrschte ihre Gedanken immer noch. Nach seinem Auszug, den er ohne ihr Beisein vollzogen hatte, waren ihre Enttäuschung und Trauer in grenzenlose Wut umgeschlagen. Da war noch so viel offen, so viel unausgesprochen. Aber ihr Stolz hatte es ihr nicht erlaubt, ihn anzurufen. So litt sie lieber still vor sich hin, beantwortete sich die eigenen Fragen mit immer wieder neuen Fragen und kam letztendlich keinen Schritt weiter. Ihre Gefühlsebene hatte sich verschoben, von Liebe war nichts mehr übrig.

Am zweiten Weihnachtstag zeigte sich die Sonne in voller Pracht und weckte Helenas Abenteuerlust.

„Lass uns rausgehen und einen langen Spaziergang durch den Wald machen", schlug sie Robin vor, der freudig mit dem Schwanz wedelte. Sie wollten die Wohnung gerade verlassen, als es an der Tür klingelte.

„Auch das noch", seufzte Robin und legte sich wieder hin. Das konnte dauern!

Verwundert öffnete Helena die Tür und erblickte Klaus. Alle Farbe wich aus ihrem Gesicht.

„Duuuu? Du wagst dich noch hierher?", entfuhr es ihr.

„Darf ich reinkommen?"

„Nein, darfst du nicht. Wie du siehst, bin ich gerade im Aufbruch. Komm Robin, wie gehen!"

„Ich sehe, du hast dich mit einem neuen Hund getröstet", versuchte Klaus das Gespräch wieder in Gang zu bringen.

„Nicht nur mit einem neuen Hund", antwortete Helena schnippisch, bemüht, ihre Fassung nicht vollständig zu verlieren.

„Helena, lass uns reden. Ich denke, ich bin dir ein paar Erklärungen schuldig."

Reinen Tisch machen, Antworten auf ihre Fragen zu bekommen, das lag auch in Helenas Sinn. Sie nahm Klaus' Einladung zu einem Cappuccino beim Italiener am Ende der Straße an. Während der folgenden zwei Stunden lag Robin aufmerksam unter dem Tisch, bemüht, dass ihm auch nicht ein Wort entging.

Helena bemühte sich in dem Gespräch um Sachlichkeit. Je mehr sie merkte, dass es Klaus mit dem angeblich größten Fehler seines Lebens wahrhaft schlecht ging, desto ruhiger wurde sie. Seine angebliche Flamme hatte ihn nach kurzer Zeit nach Strich und Faden belogen und betrogen und letztendlich hatte sie sich mit dem Geld von seinem Konto ins Nirwana abgesetzt. Es erfüllte sie mit Genugtuung, dass sie ihren langen Leidensweg nun innerlich beenden konnte, während er mitten drin saß. Pech für ihn, er hatte es sich selbst zuzuschreiben.

Sie verabschiedete sich von ihm, kühl und distanziert, ohne einen Funken Mitleid in der Stimme und verließ das Restaurant. Sie fühlte sich gut. Sie konnte das Kapitel Klaus zu den Akten legen. Sie verbrachte mit Robin unbeschwerte Stunden und ließ den Tag gemütlich ausklingen.

Der Silvestermorgen war angebrochen. Am Ende einer ausgiebigen Gassirunde hielt Helena beim Bäcker an, um sich für die Silvesternacht zwei Pfannkuchen zu kaufen. Sie würde den Abend allein mit Robin und dem Fernseher verbringen. Zwei Einladungen zu einer Silvesterparty hatte sie abgesagt. Sie war noch nicht so weit, als Single inmitten anderer Paare unbeschwert zu feiern.

Sie legte ihr Geld passend auf die Theke und wollte den Laden verlassen. Unbeabsichtigt rammte sie mit einer Pfannkuchentüte in der einen und einer Brötchentüte in der anderen Hand einen jungen Mann, der dicht hinter ihr gestanden hatte.

„Ich glaube es nicht, Helena! Du bist es tatsächlich!?"

Irritiert blickte Helena in zwei tiefblaue Augen und schien darin vollkommen zu versinken.

„Marco? Was machst du denn hier?" Im gleichen Moment hätte sie sich am liebsten auf die Zunge gebissen. Was man in einer Bäckerei wollte, war ziemlich offensichtlich.

Die Verkäuferin fragte zum zweiten Mal, diesmal etwas ungeduldig, was denn der junge Herr wünsche.

„Warte auf mich, ich komme gleich."

Helena ging raus zu Robin, bemüht, ihre Fassung wiederzuerlangen. Wie in Film spulte es sich vor ihrem inneren Auge ab. Marco und sie, eine zärtlich beginnende Liebesgeschichte, als sie beide im ersten Semester an der Uni waren. Sie studierte Bibliothekarswissenschaften und Germanistik, er Jura. Und dann das jähe Ende, als Marco auf Drängen seiner Eltern sein Studium in den USA fortsetzte und beendete. Sie schrieben sich noch eine Weile, aber für Helena war diese Situation eher belastend als erfreulich, und sie brach den Kontakt schweren Herzens am Ende des zweiten Semesters ab.

Sie hatten nie wieder voneinander gehört und sie hatte auch lange nicht mehr an ihn gedacht. Und nun stand er vor ihr, fast so, wie sie ihn in Erinnerung hatte. Sein einst volles Haar war ein wenig schütter und grau geworden und die Jahre hatten ihm ein paar Körperpfunde mehr eingebracht. Doch er hatte an Attraktivität nichts eingebüßt.

„Seit wann bist du wieder hier?"

„Seit genau einer Woche. Ich bin an Heiligabend angekommen und werde zum ersten Januar die Kanzlei meines Vaters übernehmen. Mein alter Herr hat sich nun endlich entschlossen, sich zur Ruhe zu setzen und das Zepter aus der Hand zu geben. Ich freue mich so, dich wiederzusehen, Helena."

„Ich freue mich auch, ehrlich", antwortete sie leise. In ihrem Inneren begann sich schon wieder alles zu drehen. Peter, Klaus und Marco – das war alles ein wenig viel für sie.

„Sicher hast du heute Abend schon etwas vor?", fragte Marco, bevor Helena einen klaren Gedanken fassen konnte.

„Ich habe mich noch nicht entschieden, das ist bei mehreren Einladungen nicht so einfach", flunkerte sie. Nicht auszudenken, was Marco denken würde, wenn er wüsste, dass sie und Robin an solch einem Abend allein zu Hause vor dem Fernseher säßen.

„Bitte, komm heute Abend zu uns, ins Haus meiner Eltern. Bis ich eine eigene Wohnung habe, wohne ich dort. Ich habe einige Freunde aus unserer gemeinsamen Uni-Zeit eingeladen. Du kennst sie alle und sie würden sich bestimmt alle sehr freuen, dich zu sehen. Und ich mich ganz besonders," fügte er lächelnd hinzu.

Helena sagte zu, ohne lange zu überlegen.

Auf dem Heimweg blickte sie Robin liebevoll an, der artig neben ihr hertrottete.

„Seit du da bist, geht es bei mir drunter und drüber, fällt dir das eigentlich auch auf?"

„Es wurde Zeit, dass ein wenig Bewegung in dein Leben kommt, findest du nicht?"

Helena hatte noch Zeit, sich ein Stündchen aufs Sofa zu legen.

Bevor sie sich Gedanken um ihre Garderobe machen konnte, schlug Robin ihr das kleine Schwarze vor, in dem sie äußerst sexy und attraktiv aussah.

„Heute Abend bleibe ich aber hier", meinte Robin beiläufig. So viel Krach ist nichts für meine zarten Hundeohren. Und ich weiß, dass du dich heute bestens amüsieren wirst."

Nachdenklich blickte Helena Robin an. Sie empfand eine so große Liebe zu ihrem neuen Begleiter, dass sie ihn noch einmal herzlich drückte und streichelte, bevor sie ging.

Kaum hatte Helena das Haus verlassen, machte Robin sich auf seinen Weg. Er wusste, dass Helena in der kommenden Nacht bei Marco bleiben würde und von nun an mit ihm den richtigen Weg einschlagen würde. Leise machte er die Wohnungstür auf und machte sich auf den Weg dorthin, wo er hergekommen war, zur Regenbogenbrücke, an deren Ende Trixi schon sehnsüchtig auf ihn warten würde.

Seine Mission auf Erden war beendet.

Stammtischgeplänkel

Erwin und Willi treffen sich am Dienstag und am Donnerstag in ihrer Stammkneipe „Zum Magendoktor" nahe des S-Bahnhofes Berlin-Wedding. Dieses Ritual zwei Mal pro Woche gehört zum festen Bestandteil ihres Rentnerdaseins. Hilde und Lotte, die Ehefrauen der beiden, besuchen in dieser Zeit einen Gymnastikkurs für Senioren und holen ihre beiden Ehemänner danach in deren Stammkneipe ab.

„Na, Erwin, die Feiertage gut überstanden?"

„Jo, es ist jedes Jahr das Gleiche."

„Bei uns auch."

„Und, was habt ihr gemacht?"

„Heiligabend waren wir bei Pia, unserer Ältesten und am ersten Feiertag bei Jörn und seiner Familie."

„Wir waren Heiligabend bei Maria und ihrer Familie. Wir haben ja nur die eine hier, seit Jan in Australien lebt. Am ersten und zweiten Feiertag waren wir zuhause und haben es uns gemütlich gemacht."

„Und - was gab es zu essen? Wie immer Heiligabend? Traditionell Kartoffelsalat mit Würstchen und am ersten Feiertag Gänsebraten mit Klößen, Grünkohl und Rotkohl?"

„Den Braten hatten wir bei Maria Heiligabend schon. Und die Enkel? Geht es ihnen gut?"
„Soweit ja."

„Langsam weiß man nicht, was man den Kindern noch schenken soll. Irgendwie haben sie alles oder das, was ihnen fehlt, interessiert sie nicht mehr."

„Wir schenken den Enkelkindern nur noch Geld, damit können sie machen, was sie wollen und sich das kaufen, was sie brauchen. Pias Kinder sind ganz versessen auf Computerspiele und Jörns Sohn ist ein Sparfuchs. Hoffentlich wird der mal nicht ein Geizkragen. Von mir hat er das jedenfalls nicht. Ich kann Geld eigentlich nicht leiden."

Erwin und Willi lachen und Willi bestellt für beide ein zweites kleines alkoholfreies Bier.

„Warum kann man Kinder heutzutage nicht mehr mit Büchern oder Spielen erfreuen? Lesen bildet und Spiele sind immer eine gute Gelegenheit, Zeit mit der Familie zu verbringen."

„Unsere Enkel lesen schon noch, aber heute sind ja diese elektronischen Dinger ‚in'. Damit kann man sich wohl Bücher aus dem Internet runterladen und dann lesen. So ein Ding ist handlich, klein und du kannst es überall mit hinnehmen. Für die U- oder S-Bahn ist das ganz praktisch."

„Das mag ja alles sein, Willi. Ich brauche mein Buch in der Hand, ich will den Duft des Papiers riechen, meine Bemerkungen an den Rand kritzeln und meine Eselsohren und Kaffeeflecken bei mir haben."

„Die Technik entwickelt sich und unsere Kinder und Enkel müssen da eher am Ball bleiben als wir. Ich würde meine Bücher auch nicht missen wollen. Und - was würdest du ohne die Technik machen? Du selbst warst heilfroh, als dir Jan eine Internetverbindung eingerichtet hat, damit ihr über das Internet miteinander telefonieren könnt, oder?"

„Ich will die Technik ja auch grundsätzlich nicht verdammen, aber ich habe mit der ganzen Computerei nichts am Hut."

„Das müssen wir ja auch nicht. Jedenfalls bin ich froh, dass Weihnachten vorbei ist. Diese ganze Hektik vorher geht mir so was von auf den Geist. Das hat doch gar nichts mehr mit dem Weihnachtsfest unserer Kindheit zu tun. Selbst, als wir junge Eltern waren, war das alles ganz anders, beschaulich, feierlich und wirklich familiär."

„Siehst du, auch da sind wir gezwungen, uns an das Heute anzupassen."

„ Sind wir das? Soll ich dir mal was verraten? Lotte und ich haben beschlossen, nächstes Jahr Weihnachten einfach wegzufahren. Irgendwohin, wo es warm und sonnig ist. Wenn wir das jetzt nicht machen, solange wir noch in guter körperlicher Verfassung sind, wann dann? Die Kinder brauchen uns Weihnachten nicht, sie haben ihre eigenen Familien."

Erwin blickt Willi überrascht an und lächelt vielsagend.

„Was grinst du denn so süffisant? Machst du dich über mich lustig?"

„Gott bewahre! Ich grinse, weil ich seit zwei Jahren alles tue, um Hilde das ebenfalls nahe zu bringen. Aber sie will nicht so richtig. Sie ist sehr traditionell eingestellt und meint, es würde Maria und den Zwillingen das Herz brechen, wenn wir Weihnachten nicht da wären. Und Weihnachten woanders, ohne Schnee und Tannenbaum und Gänsebraten kann sie sich nicht vorstellen."

„ Na, das wollen wir doch mal sehen! Lotte hat ein unnachahmliches Überzeugungstalent. Das soll sie mal bei Hilde einsetzen. Wenn das jemand schafft, dann meine Lotte!"

„Dein Wort in Hildes Gehörgang, mein Lieber. Aber wenn du meinst, ich bin dabei!"

Er schaut sehnsuchtsvoll vor sich hin.

„Ich sehe uns schon am nächsten Heiligabend irgendwo am Meer unter Palmen liegen und die Sonne genießen."

„Auf Weihnachten 2015!"

„Auf Weihnachten 2015!"

Die Tür öffnet sich und Lotte und Hilde kommen gut gelaunt vom Sport. Den einvernehmlichen Blick zwischen den beiden Männern registrieren sie nicht.

Weihnachten im Jahr 2092

Wir schreiben den Winter 2092. Draußen regnet es seit Tagen ohne Unterlass. Himmel und Erde scheinen untrennbar miteinander verwoben, grau ist zur Farbe des Tages geworden und auch die Seele der Menschen empfindet das Grau als eine dunkle, undurchdringliche Wand.

Der alte Mann steht am Fenster. Versunken betrachtet er die Regentropfen, die in unzähligen Rinnsalen an der Scheibe entlanglaufen. Er wartet auf seine Enkeltochter, die bereits vor drei Stunden hier sein und Pia, ihre siebenjährige Tochter, abholen wollte. Der Fährverkehr zwischen den Inseln war infolge der heftigen Niederschläge unregelmäßig geworden und es erforderte mitunter große Geduld, längere Wartezeiten auszuhalten.

Heute war der 24. Dezember, der Tag, an dem die Menschen früher den Heiligen Abend feierten. Aber seit es keine Kirchen mehr gab, hatte auch das Fest keinen Platz mehr im Kalender der Menschen und erst recht nicht in deren Bewusstsein. Diejenigen, die noch Arbeit hatten, taten ihr Bestes, um sich und ihre Familien satt zu bekommen.

„Warum bist du traurig, Großvater?" Pias helle Stimme riss den alten Mann aus seinen düsteren Gedanken. Er blickte seine Urenkeltochter an, die ihre Malstifte sorgsam in die Schachtel legte und zufrieden ihr Bild betrachtete.

„Ich bin nicht traurig, Pia, ich habe nur an früher gedacht, als ich so alt war, wie du jetzt bist." „Und was war da? Früher?" „Soll ich dir erzählen, wie die Welt früher aussah? Dann komm mit."

Pia liebte es, den Geschichten ihres Urgroßvaters zu lauschen. Sie folgte ihm in sein Arbeitszimmer, das stets verschlossen war und nur noch selten von ihm betreten wurde.

Umständlich fuhr er seinen alten Computer hoch. Seit das Rheuma auch seine Fingergelenke befallen hatte und niemand ihm medizinische Hilfe zuteil werden lassen konnte, tat er sich sehr schwer mit der Tastatur. Aber er wusste, dass Pia ihm dabei gerne half.

„In meiner Kindheit war es an diesem 24. Dezember meist viel kälter als heute und der Regen fiel in dichten Schneeflocken zur Erde." „Was sind Schneeflocken?", fragte Pia neugierig. „Ich zeige dir mal ein Foto. Schau her, da war ich mit meinen Eltern zum Winterurlaub in den Alpen, den hohen Bergen ganz im Süden unseres Landes." „Da ist ja alles weiß", rief Pia verwundert aus.

„Durch die kälteren Temperaturen fiel der Regen als kleine gefrorene Eiskristalle und die Landschaft war wie mit Puderzucker bedeckt. Wir haben den Schnee zu unterschiedlich großen Kugeln gerollt und die Kugeln aufeinander gesetzt. So bauten wir einen Schneemann. Wir setzten ihm einen schwarzen Hut auf, eine Karotte sollte seine Nase darstellen und in der Hand hielt er einen Ast, der ihm als Besen diente." „Und warum haben wir soviel Regen und keinen Schnee?" „Weil es mittlerweile viel zu warm für Schnee ist und der Niederschlag deshalb nur als Regen auf die Erde fallen kann." „Werde ich nie einen Schneemann bauen, Großvater"? Pia blickte den Schneemann auf dem Bildschirm wehmütig an. „Nein, mein Schatz, das wirst du nicht. Früher, als es um diese Zeit noch so kalt war, haben die Menschen Heizungen gehabt, die mit Gas gespeist wurden. Somit hatten es die Menschen im Winter warm in ihren Häusern und mussten nicht frieren. Und wenn sie nach draußen gingen, haben sie sich ganz dick angezogen, damit ihnen warm war. Schau mal…"

Pia musste herzhaft lachen, als sie ihren Urgroßvater mit einem astronautenähnlichen Anzug, einer Mütze auf dem Kopf und Handschuhen an den Fingern sah.

„Als ich so alt war wie du, habe ich fast zweihundert Kilometer weiter nördlich gewohnt, schau hier…", er hatte das Foto eines Hauses gefunden, das von einem üppigen Garten umgeben war, in dem die Apfel- und Kirschbäume gerade blühten. „Oh, wie schön", flüsterte Pia und schaute sich das Foto mit den bunten Blumenrabatten zwischen den Obstbäumen verzückt an.

„Und warum wohnst du da nicht mehr?"

„Nachdem es immer wärmer geworden war, hat das Meer viel Land überspült und sehr viele Menschen mussten aus dem Bereich der Nordsee, so hieß das Meer damals, flüchten. Ihr Land war vom Meer geradezu weggerissen worden. Und die vielen Stürme haben das Leben am Meer auch gefährlich werden lassen."

„Aber warum wurde das Meer denn immer größer? Hat es damals auch schon so viel geregnet wie heute?" „Weißt du, Pia, es gab damals ganz viel Eis am Nordpol und am Südpol und dort lebten einzigartige Tiere, die du sonst nirgendwo auf der Welt sehen konntest. Als es immer wärmer wurde, begann das Eis zu schmelzen. Die Tiere wurden aus ihrem Lebensraum verjagt und der Meeresspiegel stieg immer mehr an. Deshalb ist auch unser Land untergegangen und wir sind weggezogen. Selbst deine Urgroßmutter und ich sind immer wieder umgezogen, bis wir glaubten, sicher zu sein." Pia bemerkte seinen nachdenklichen Blick nicht, als er zum Fenster hinausschaute. Der Regen war wieder stärker geworden und ein Sturm rüttelte an den alten Fensterläden.

Er öffnete eine andere Datei und schon war Pia in ein helles Lachen ausgebrochen. „Was ist das denn für ein lustiger Baum? So einen habe ich ja noch nie gesehen." „Am heutigen Tag haben die Menschen früher die Bescherung gefeiert. Dazu haben sie einen Tannenbaum in ihre Stuben geholt, ihn mit Kerzen und Kugeln geschmückt und sich gegenseitig etwas geschenkt."

„Und warum haben sie das gemacht? Man schenkt doch nicht einem anderen Menschen einfach etwas. Meist hat man doch selbst nur das Nötigste um leben zu können."

Der alte Mann biss sich verlegen auf die Unterlippe. Da hatte er sich ganz schön weit aus dem Fenster gelehnt. Wie sollte er einem Kind von sieben Jahren, das noch nie etwas von Gott gehört hatte, das Wunder der Heiligen Nacht erklären?

„Die meisten Menschen waren damals noch ganz gut versorgt und konnten sich vieles leisten. Sie konnten in ein Geschäft gehen, sich etwas aussuchen und mit einem Gegenwert, den man Geld nannte und den man als Lohn für seine Arbeit bekam, bezahlen und das gehörte dann ihnen. Und somit konnten sie anderen eine Freude machen und ihnen etwas schenken, was sie übrig hatten." „Und warum haben sie das am Heiligen Abend gemacht?" „Die Menschen glaubten an ein höheres Wesen, das sie Gott nannten. Gott hatte die Welt geschaffen und sie den Menschen vertrauensvoll überlassen, damit sie alle in Frieden auf ihr leben konnten. Und als Zeichen seiner Menschlichkeit hat Gott seinen Sohn als Mensch auf die Erde geschickt, damit die Menschen ein Leben nach seinem Vorbild führten. Und dieser Sohn Gottes wurde in der Heiligen Nacht geboren und Jesus genannt."

„Und, was ist aus ihm geworden? Lebt er noch?"

„Die Menschen haben ihn nicht anerkannt, sie haben ihn als Spinner betitelt und ihm sehr weh getan, so dass er gestorben ist."

„Und was hat Gott dazu gesagt?" „Gott hat den Menschen ihren freien Willen geschenkt, aber viele Menschen haben nur an sich gedacht, wie sie immer reicher und mächtiger werden konnten. Sie haben die wunderbare Welt Gottes zerstört und so haben die Menschen Gott immer mehr aus ihrem Bewusstsein verdrängt, so dass heute niemand mehr von ihm spricht und sprechen darf. Denn das lassen die, die über uns bestimmen, die uns zuteilen, was wir brauchen, nicht zu." „Glaubst du an Gott, Großvater?" „Ja Pia, ich glaube an ihn und habe es immer getan und das kann mir keiner nehmen. Sonst hätte mein Leben auf dieser Welt keinen Sinn mehr." „Und Mama und Oma? Sie haben mir nie von ihm erzählt, ich höre zum ersten Mal von ihm."

„Deine Oma hat irgendwann den Glauben an ihn verloren und hat das auch deiner Mama so erzählt und wahrscheinlich hat deine Mama dir deshalb nichts von Gott erzählt." Er schwieg eine Weile und Pia bemühte sich, die Worte ihres Urgroßvaters zu begreifen.

„Und die Uroma?" Pia bemerkte verlegen, dass der Urgroßvater mit den Tränen kämpfte und wollte sich schon entschuldigen, ihm diese Frage gestellt zu haben.

Der Urgroßvater sah sie an und seine Augen leuchteten. „ Du hast deine Urgroßmutter leider nicht kennengelernt, sie starb schon vor deiner Geburt. Aber so lange sie lebte und es ihr gesundheitlich gut ging, haben wir immer wieder von Gott gesprochen und gemeinsam den Heiligen Abend gefeiert, obwohl das schon längst nicht mehr geduldet wurde. In diesem Glauben an Gott ist sie gestorben und friedlich eingeschlafen. Und das erhoffe ich für mich auch. Ich bin zwar ein alter Mann und ich habe vielleicht noch ein paar Jahre zu leben, aber ich freue mich darauf, die Uroma dort zu treffen, wo ich sie vermute, bei Gott."

Das kleine Glück

Es war am Tag vor dem Heiligen Abend. Unzählige kleine weiße Schneeflocken verwandelten die Welt in eine weiße Puderzuckerlandschaft. Wie so oft in der letzten Zeit, lag Anna in freudiger Erwartung auf dem Sofa. Dabei gingen ihre Gedanken zurück in die Vergangenheit und schufen Pläne für die Zukunft.

Mit dem Wort Glück hatte sie in ihrem bisherigen Leben oft auf Kriegsfuß gestanden. Glück hatten meistens nur die anderen, ihr war das Glück oft versagt geblieben. Die Zeit, in der sie dieses Wort und die Tragweite seiner Bedeutung noch nicht zu verstehen vermochte, verbrachte sie im Kindergarten. Sie war ein blasses Mädchen mit hellblauen, wachen Augen, immer etwas zurückhaltend, aber sie hatte Freundinnen und Freunde, mit denen sie ihre Kindergartenzeit in einigen Phasen unbeschwert verbrachte.

Doch eines Tages veränderte sich ihr Leben grundlegend. Monat für Monat freuten sich die Kinder, wenn die Messlatte ihrer Körpergröße ein wenig nach oben schnellte. Annas Messlatte veränderte sich nicht. Mit fünf Jahren bat sie ihre Eltern unter Tränen, sie vom Kindergarten abzumelden. Sie ging nur noch mit Widerwillen hin, nachdem einige Kinder nicht mehr mit ihr befreundet sein wollten, weil sie nicht wuchs. Sie musste erleben, wie sie gehänselt wurde und ihr klangvoller Name ANNA verschandelt wurde. Für einige war sie zu Lili geworden, die Kurzform von ‚Liliputaner'. Ein dunkler Schatten hatte sich auf ihre verletzliche Seele gelegt. Eine Freundin war ihr aus der Kindergartenzeit geblieben und mit ihr eingeschult worden, Felicitas, ein selbstbewusstes Mädchen von knapp sechs Jahren, fast zwei Köpfe größer als Anna Sie hielt ihre schützende Hand über die verletzliche Anna, wie ein kleiner Schutzengel.

Mit einfühlsamen Worten erklärte die junge Lehrerin ihrer neuen Klasse 1b, warum Anna im Gegensatz zu ihren Klassenkameraden so klein war. Und nach langer Zeit fühlte sich Anna wieder wohl. Sie hatte eine schnelle Auffassungsgabe, lernte mit Freuden und übernahm gerne allgemeine Aufgaben in der Klasse, bei denen die anderen erst einmal überlegten, um letztendlich doch zu zögern.

Anna wurde das Mädchen für alles und sie genoss die Rolle, ihr körperliches Defizit durch soziale Aufgaben zu kompensieren. Sie wurde Klassenbeste. Doch ihre guten Noten gefielen nicht allen. Anna spürte Neid und Feindseligkeiten. Als sie von einigen aus ihrer Klasse als Streberin abgestempelt wurde, ließen ihr Fleiß und ihre Offenheit schlagartig nach. Sie zog sich zurück und wurde zu einem kleinen grauen Mauerblümchen. Selbst Felicitas kam nicht mehr an sie heran. Und als ihre einzige Freundin mit ihren Eltern in eine andere Stadt zog, fühlte sich Anna schutzlos sich selbst überlassen. Als sie sieben Jahre alt war, wurde ihr Bruder Gregor geboren. Er war ein hübsches Baby mit hellblauen Augen und unzähligen schwarzen kleinen Löckchen, die sein blasses, zartes Gesicht umrahmten. Liebevoll und voller Eifer kümmerte sich Anna um den Familienzuwachs.

Doch Gregor war ein kränkliches Kind, das von den Eltern mit aller Fürsorge und Liebe umsorgt wurde. Anna hingegen stand immer mehr in seinem Schatten. Sein angeborener Herzfehler konnte nicht erfolgreich operiert werden, das kleine Herz war zu schwach. Er verstarb auf dem Operationstisch.

Annas Eltern konnten den Verlust nicht verwinden. Die Ehe der Eltern ging endgültig in die Brüche, als Annas Vater eines Tages mit zwei Koffern auszog. Annas Mutter begann zu trinken und zerbrach an ihrem Leben. Der fatale Kreislauf von Alkohol und Tabletten, dem Verlust der Arbeit und der Selbstzerstörung nahm seinen Lauf. Sie lebte immer mehr in ihrer eigenen Welt. Wenn sie Anna mit ihren glasigen Augen ansah, so sah sie nicht ihr Kind, das nach ein wenig Liebe und Anerkennung verlangte, sondern nur noch den Menschen, der ihr beim Aufstehen und Anziehen half und den sie losschicken konnte, wenn der Schnaps alle war.

Alle Bemühungen Annas, die Liebe der Mutter zu gewinnen, blieben erfolglos. Anna begann, hin und wieder die Schule zu schwänzen, ihre Mutter reagierte nicht auf die Elternbriefe der Lehrerin und diese musste hilflos zusehen, wie Anna ohne Fürsorge und Liebe aufwuchs. Sie hatte keine andere Wahl, als das Jugendamt einzuschalten.

Mit einer sofortigen richterlichen Verfügung wurde Anna aus ihrem vertrauten Umfeld gerissen und kam in ein Heim. Das zog ihr völlig den Boden unter den Füßen weg. Ihr Schicksal lag in den Händen fremder Menschen, die sich kaum die Mühe machten, sich eingehend mit ihr zu beschäftigen.

Es dauerte eine Zeit, bis Annas Mutter die Kraft fand, sich in einer Klinik einem Entzug zu stellen. Sie war jedoch mit sich und ihrem eigenen Leben so sehr beschäftigt, dass sie Anna zum Geburtstag und zu den Feiertagen lediglich eine Karte schrieb, mehr nicht. Eine Kinderseele war für immer zerbrochen.

Anna hatte das Gefühl, völlig vergessen worden zu sein. Ihr Vater hatte eine neue Familie gegründet und beruhigte sein Gewissen damit, gelegentlich im Heim anzurufen und sich bei der Leitung nach Annas Wohlbefinden zu erkundigen. Mit Anna selbst sprach er kein Wort. Die Grüße, die er an sie ausrichten ließ, wollte Anna nach einer bestimmten Zeit nicht mehr hören.

Von Wohlbefinden war bei Anna keine Spur zu finden. Sie war sehr klein geblieben und lange Zeit der Spielball der anderen, die sich über ihre Körpergröße immer wieder lustig machten. Anna wehrte sich nicht, dazu hatte sie keine Kraft mehr. Oft wünschte sie sich, sie wäre an Stelle des kleinen Gregor gestorben. Niemand würde sie vermissen und ihre Eltern hätten sich vielleicht nicht getrennt. Sie besuchte mittlerweile die zehnte Klasse der Realschule und ließ ihre einzigartigen Fähigkeiten in künstlerischer und musischer Richtung völlig verkümmern, aus Angst, wieder als Streberin abgestempelt zu werden. Als der Schulabschluss näher kam, stellte sich auch die Frage, was aus ihr werden sollte. Sie wusste, dass sie in diesem Heim aus Altersgründen nicht bleiben konnte.

Eines Morgens, Anna wischte gerade im Speisezimmer die Tische nach dem Frühstück ab, kam die Heimleiterin und forderte Anna auf, ihr ins Büro zu folgen. Anna legte erschrocken den Lappen in den Eimer, ließ alles stehen und folgte ihr, mit einem unguten Gefühl im Magen. Als sie das Büro betrat, erhob sich eine blonde Frau aus dem Stuhl vor dem Schreibtisch und blickte Anna erwartungsvoll an.

„Hallo Anna", erklang die Stimme ihrer Mutter. „Was willst du?", brachte Anna mühsam hervor. Sie spürte den Boden unter sich schwanken. „Ich will dich nach Hause holen, in meine neue Familie." Anna blickte auf den breiten Goldring am rechten Ringfinger ihrer Mutter und blickte sie entsetzt an. „Dazu kommst du ein paar Jahre zu spät."

Anna drehte sich abrupt um und eilte aus dem Büro, direkt hinaus in das Zimmer, das sie mit der gleichaltrigen Corinna teilte. Corinna nahm ihre Kopfhörer aus den Ohren und blickte verwundert zu Anna, die sich schluchzend auf ihr Bett geworfen hatte und ihren Tränen freien Lauf ließ.

„Was ist denn mit dir los?", fragte sie Anna unsicher. Anna gab keine Antwort. Sie hatte gelernt, sich mit ihrem Kummer in sich selbst zurück zu ziehen und alleine damit klarzukommen. Ein langes Gespräch mit der Heimleiterin am Abend gab Anna ein wenig Sicherheit. Niemand konnte sie zwingen, nach all den Jahren der Ignoranz zu ihrer Mutter zurück zu kehren. Frau Peters, die mit gebotener Strenge das Heim leitete, zeigte zum ersten Mal warme und mütterliche Gefühle gegenüber einem ihrer Schützlinge. Anna schaffte einen durchschnittlichen Abschluss der zehnten Klasse und bekam eine Lehrstelle als Floristin in einer Gärtnerei. Das Jugendamt kümmerte sich darum, dass sie in eine Gruppe gleichaltriger Mädchen in eine betreute Wohngemeinschaft umziehen konnte. Sie war es gewohnt, hin und her geschickt zu werden und stellte sich jetzt schon seelisch darauf ein, erneut Etliches an Frotzeleien und Anspielungen ertragen zu müssen.

Das hatte sie bereits zu oft in ihrem kurzen Leben erlebt. Sie hatte nichts mehr von ihrer Mutter und ihrem Vater gehört und hatte das Thema FAMILIE aus ihrem Wortschatz verbannt. Den Wunsch nach einer eigenen Familie wagte sie nicht einmal zu träumen.

Wer wollte schon ein unscheinbares, kleines und farbloses Mädchen, das vom Leben so enttäuscht war?

Anna machte die Ausbildung Spaß. Zum ersten Mal in ihrem Leben konnte sie ihre Talente, ihre Kreativität und ihre Freude an Pflanzen und Farben ausleben. Nach einem Jahr baten viele Kunden in der Gärtnerei darum, dass ihre Sträuße und Gestecke ausschließlich von Anna angefertigt wurden. Es tat ihrer zarten Seele unendlich gut, in dieser Weise anerkannt zu werden. Hier hatte sie eine Art Familie gefunden, die ihr bislang versagt geblieben war. Niemand neckte sie, niemand redete hinter ihrem Rücken und niemand belächelte sie wegen ihrer Körpergröße.

Mit achtzehn durfte Anna ihren Führerschein machen und mit dem Auto der Gärtnerei ihre Bestellungen selbst ausliefern. An die verwunderten Blicke der anderen hatte sie sich gewöhnt. Anna hatte immer sehr bescheiden gelebt. Sie leistete sich nur das Nötigste, das sie zum Leben brauchte. Selbst, wenn ihr das Glück einer eigenen Familie versagt bleiben würde, so sparte sie jeden Cent für eine kleine gemütliche Wohnung, ihrer Körpergröße angemessen.

Abends, wenn ihre Zimmernachbarin schlief, nahm sie oft eine Taschenlampe und einen Zeichenblock und richtete ihre ‚Puppenstube', wie sie ihr zukünftiges Heim selbst betitelte, ein. Sie sehnte sich danach, unabhängig zu sein und ihr Leben eigenständig in die Hand zu nehmen. Jedes Mal, wenn sie ein Trinkgeld bekam, legte sie es für ihre Wohnung zur Seite. Somit hatte sich bereits eine ansehnliche Summe angehäuft. Das Ende ihrer Lehrzeit schloss sie mit einer sehr guten Prüfung ab, und als das ältere Ehepaar ihr anbot, als Floristin in der Gärtnerei zu bleiben, konnte sie es kaum fassen. Zum ersten Mal in ihrem Leben bekam das Wort „Glück" ein Gesicht. Anna strahlte mit den frisch erblühten Sonnenblumen um die Wette. Sie ahnte nicht, dass sie auserkoren war, die Gärtnerei später einmal übernehmen zu können, denn Herr Schuster wurde heftig vom Rheuma geplagt und Frau Schuster stand mit ihren Bandscheiben auf Kriegsfuß. Der einzige Sohn lebte mit seiner Familie in Australien und hatte alles andere im Sinn, als das elterliche Geschäft zu übernehmen. Die kleine Anna war den beiden Älteren sehr ans Herz gewachsen.

Eines Abends, kurz vor Feierabend, fragte Frau Schuster unvermittelt: „Sag mal Anna, du bist nun volljährig und willst doch sicher mal auf eigenen Füßen stehen? Ihr jungen Leute wollt doch so früh wie möglich eure eigene Wohnung haben. Hast du diesbezüglich noch keine Pläne?" Anna fühlte sich von dieser Frage völlig überrumpelt. „Ja – doch", begann sie zögerlich, „ich habe mit dem Jugendamt bereits gesprochen und wenn ich etwas Passendes finde, möchte ich aus der Wohngruppe ausziehen. Mich hält da nichts mehr." „Komm mal mit", sagte Frau Schuster, schloss die Ladentür ab und ging quer über den Hof zum Haus der Schusters. Mühsam keuchte Frau Schuster die Stufen bis ins Dachgeschoss hoch. Anna folgte ihr. Sie war zwar schon oft im Haus der Schusters, aber nie weiter als bis zum Erdgeschoss gekommen. Frau Schuster hielt sich an der obersten Treppenstufe schwer atmend am Treppengeländer fest und wartete darauf, dass sich ihr Puls wieder beruhigte.

Sie schloss eine weiß gestrichene Tür neben der Treppe auf. „Geh ruhig rein und schau dich um", forderte sie Anna freundlich auf. Anna trat vorsichtig in den kleinen Flur, von dem rechts zwei kleine Zimmer abgingen und blieb mit offenem Mund im ersten Zimmer stehen. Auf der gegenüberliegenden Seite waren eine kleine Küche und ein Bad mit Dusche. Alles war frisch renoviert und sah freundlich und einladend aus.

„Das ist Steffens Junggesellenwohnung, die seit seiner Heirat leer steht. Wir haben sie kürzlich renovieren lassen und haben vor, sie zu vermieten." Anna konnte sich gar nicht satt sehen und in Gedanken sah sie ein paar Möbel, die sie zu den bereits vorhandenen noch brauchte, schon an Ort und Stelle stehen. Fragend blickte sie Frau Schuster an. „Du musst nur ja sagen, dann kannst du sofort einziehen. Und wir ersparen uns Inserate. Außerdem – wir haben dich lieb gewonnen und würden uns freuen, dich im Haus zu wissen und nicht irgendeinen Fremden." Anna konnte vor Freude nichts sagen. Sie umarmte Frau Schuster in deren Busenhöhe und stammelte ein leises „Gerne!" Diese Art von Emotionen kannte Frau Schuster nicht von Anna und sie umfasste das zerbrechliche, kleine Wesen und drückte es an ihren mütterlichen Busen.

Nach Feierabend zog Anna durch die Kaufhäuser. Mit viel Liebe kaufte sie alles, was ihr in der Wohnung noch fehlte und vier Wochen später lud sie die Schusters zu einem duftenden Einweihungsessen ein. Sie hatte gekocht, ein Menu mit Vorsuppe, Hauptgang und Nachspeise. Das Schustersche Haus duftete nach Braten und Klößen, Rotkohl und Schokoladencreme. Die Schusters waren begeistert und hatten das Gefühl, zu ihrem Sohn eine Tochter gewonnen zu haben. Herr Schuster zog sich mehr und mehr aus dem Geschäft zurück. Er konnte sich auf Anna hundertprozentig verlassen. Selbst, als er zu einer Operation und einer anschließenden Reha musste, zu der Frau Schuster unbedingt mitfahren wollte, gelang es ihr, den Verkaufsladen mit mehr Umsätzen zu führen. Für die Gärtnerei hatten die Schusters zwei junge Männer eingestellt, die Anna als Chefin respektierten und unterstützten, wo sie konnten. Anna bedankte sich mit selbst gebackenen Kuchen und Keksen und sie war stolz auf sich und ihre ‚Jungs'.
Anna band einen Kranz und war so damit beschäftigt, dass sie gar nicht merkte, dass ein Kunde den Laden betreten hatte.

Erst als jemand sagte: „Hätten Sie mal einen Augenblick Zeit für mich?", schaute sie irritiert auf.

Zwischen hoch gewachsenen Palmen und Gummibäumen, unmittelbar vor den blauen Iris, den lachsfarbenen Rosen und den gelben Gerberablüten stand ein junger Mann, mit dunkelbraunen Augen, einem Oberlippenbart und einem bezaubernden Lächeln. Er strahlte Anna an.

„Na, so was", bemerkte er erstaunt. Sein Blick glitt von Annas Kopf abwärts, bis zu ihren Füßen. Anna war ebenso erstaunt und betrachtete den neuen Kunden ebenso interessiert. Er war wie sie kleinwüchsig. Und er war sogar noch wenige Zentimeter kleiner als sie. Anna hatte nie an so etwas geglaubt, an die Liebe auf den ersten Blick und doch hatte sie der Pfeil des Amor mitten ins Herz getroffen.

Der geheimnisvolle Kunde schaute regelmäßig vorbei, kaufte eine Rose, die er Anna nach dem Bezahlen schenkte und es dauerte nicht lange, bis Anna und Tommy sich verabredeten.

Die Schusters verfolgten die wachsende Liebe zwischen den beiden mit stiller Freude. Nach einem Jahr heirateten sie und Tommy zog zu Anna in die Puppenstube. Anna lag auf der Couch, die Augen geschlossen, die Hände über dem Bauch gefaltet.

„Tommy, holst du bitte den kleinen Koffer? Ich glaube, es ist soweit." Tommy legte seine Zeitung zur Seite, half seiner Frau aufzustehen und nahm vorsichtig ihre Hand. In der anderen

Hand hielt er den Koffer, der seit Tagen bereit stand. Ein Abenteuer stand beiden bevor, die beginnende Geburt ihres ersten Kindes.

Das Los der Gänse

Die Liese von der Gänsewiese

hat eine schwere Lebenskrise.

Ihr charmanter Gänserich

ist nicht mehr da.

Sie glaubt es nicht!

Seit gestern ist er fort

und sie weiß nicht,

an welchem Ort.

Mit ihm sind viele

fortgegangen,

ihr Herz zerspringt

schier vor Verlangen.

Die Gänse flüstern sich im Nu

die Neuigkeiten zu

und planen heimlich, mit Bedacht,

davon zu laufen in der Nacht.

Gerüchte, so der Lange Hans,

erzählen von der Weihnachtsgans,

von Gänsekeulen, Gänsebrust,

darauf haben nur Menschen Lust.

Die Gänse weinen,

sind entsetzt,

das hat sie

doch zu sehr verletzt.

Sie sind entschlossen,

einer Meinung,

ihr Leben endet sicher nicht

als winterliches Hauptgericht.

Bisher von Gaby Bessen erschienen:

Schillernd wie Seifenblasen

Seifenblasen erfreuen mit ihrer bunten Farbenpracht. Sie können auch platzen wie die Träume unseres Lebens.
Ganz nah am Leben bewegen sich die Geschichten dieses Buches. Sie laden ein zum Träumen, Lachen und Nachdenken.

ISBN-13 : 978-3837090406   Paperback, 120 Seiten, 9,90 €

Kirschmundgeflüster

Wie oft hängen wir an den Lippen anderer, die uns etwas erzählen und deren Worte uns in ihren Bann ziehen. Das Spiel mit Worten führt zu begeistertem Lachen und zu unbeschwerten Fangspielen. Der leichte Flug der zarten Silben führt aber auch zu tieferen Erkenntnissen und Einsichten. Lassen Sie sich von geflüsterten Gedanken und lauten Versen durch den ganz normalen Alltag tragen, der ebenso amüsant wie auch nachdenkliche Augenblicke bereit hält.

ISBN-13: 978-3839130728   Paperback, 136 Seiten, 9,90 €

Ein prima Klima

 Geschichten und Gedichte vom Klima des Herzens und vom Umgang mit- einander „Ein prima Klima" ist keine wissenschaftliche Lektüre zum viel diskutierten Klimawandel. Kurzgeschichten und Gedichte erzählen vom Klima des Herzens und vom Umgang miteinander. Ein gutes zwischenmenschliches Klima wird den globalen Klimawandel nicht aufhalten, jedoch unser persönliches Wohlfühlbarometer positiv ausschlagen lassen. Und gut gelaunt leisten wir lieber unseren Anteil zur Erhaltung eines „Prima Klimas". Probieren Sie es aus.

ISBN:9783839170267   Paperback 114 Seiten, 9,90 €

Ein Koffer voller Buchstaben

 „Ein Koffer voller Buchstaben" ist eine Sammlung von Geschichten und Gedichten, zu denen mich das tägliche Leben immer wieder inspiriert. Es sind nicht nur die großen Ereignisse der Weltgeschichte, die uns erfreuen oder betrüben, der ganz normale Alltag ins voll von Momenten, die unser Leben nachhaltig beeindrucken können.

ISBN: 9783848217748   Paperbach, 92 Seiten, 8,90 €